我當備胎女友也沒關係。

2

volume two

Kadokawa Fantastic Novels

第8話　左手的去向

現在是秋高氣爽的週末下午。

我們四個人走在人潮眾多的大街上。

橘同學跟早坂同學分別走在柳學長的左右兩側，堪稱左擁右抱。

我走在離那三人有些距離的後方看著。

橘同學穿著紺藍色的連帽衫，頭上戴著帽子，打扮得十分休閒。乍看之下像個運動風少年，但由於她是個十足的美女且雙腳修長的緣故，看起來也像個在休假時穿著樸素衣服在街上閒逛的女模特兒。

另一方面，早坂同學則是一件寬鬆的米色毛衣搭配格子裙，肩上的背包也很小巧，就是標準的可愛女孩打扮。不過雖然充滿少女氣息，但她的表情跟舉止卻有種莫名的纖細感，感覺格外撫媚。

自從夏天以來她就一直是這個樣子。或許是受到這股莫名危險的氛圍吸引，擦身而過的男生幾乎每個人都會回頭看向早坂同學。由於針織的毛衣凸顯了早坂同學的身體曲線，再加上她隱約散發出的不健全氛圍，或許會讓人想把那種慾望投射到她身上也說不定。

「然後啊，就變得無論如何都想看下去了。」

那位早坂同學從剛剛開始就一直面帶開朗的表情跟柳學長聊著天。

「所以我就騎著腳踏車跑去書店，一口氣買了整套。」

「那部漫畫很有趣對吧，我也有買喔。」

「咦？學長也有？」

知道對方也喜歡同樣的漫畫，早坂同學明顯地變得興奮。

「我很在意後續發展，所以看了一整個晚上喔。」

「看一整晚還真厲害耶。」

「可是，這樣不太好吧……畢竟在考試期間嘛……」

見早坂同學反省似的低下了頭，柳學長立刻打起圓場。

「就算這樣，妳還是考得不錯吧？」

「雖然不知道算不算好，但所有科目姑且都在平均分數以上。」

「小早坂很聰明呢。」

「才、才沒那回事，很、很普通啦。」

受到柳學長稱讚，早坂同學有些害羞地紅著臉頰別過頭去。

「而且我平時就有在上補習班……」

「念書是很重要的。雖然漫畫很有趣，但要是成績因此退步就不好了。」

此時學長露出一副像是在說「慘了」的表情搔了搔頭，接著戰戰兢兢地朝反方向的橘同學瞥了一眼。

實不相瞞，橘同學因為在考試期間老是在看漫畫，導致分數滿江紅。

進行推理社活動時，我們也會一起在社團教室裡念書。但考試期間推理社活動暫停，橘同學趁著自己不在我的眼皮底下就不斷地蹺課，真是狡猾。

「不、那個，成績不好也沒那麼嚴重啦！」

學長刻意大聲地說。

「畢竟讀書並不代表一切嘛！」

乍看之下學長是在延續跟早坂同學的對話，但他的心已經完全在橘同學身上了。

「就算考試分數不好看，也沒什麼大不了的。」

學長是真心喜歡著橘同學，所以才不想惹她不開心。

橘同學本人卻依然露出一副事不關己的表情，大概是完全不在意吧。她就是個這樣的女孩子。擅長音樂跟美術，其他科目則是從一開始就不感興趣，甚至對成績下滑這件事毫無自覺。

前陣子她也在推理社理直氣壯地攤開不及格的考卷這麼說著。

『念書的時候，課本總是會不知不覺地變成漫畫呢，這是非常懸疑的事件吧？』

一點都不懸疑。

而橘同學在考試期間看得入迷的漫畫，就是現在成為早坂同學和柳學長話題的那一部。但橘同學看起來沒打算加入話題。

我們四人之間的關係很複雜。

我跟早坂同學正在交往，但這份「喜歡」是第二順位的喜歡。

早坂同學最喜歡的人是柳學長，而我最喜歡的是橘同學。但柳學長跟橘同學又是雙方家裡訂下婚約的未婚夫妻。

「昨天有國家隊的比賽，學長也有看嗎？」

早坂同學聊起足球作為新的話題，這正好是學長的擅長領域。

「當然看了，很有趣呢。」

學長跟早坂同學十分親暱地聊著天，氣氛相當不錯。但學長卻在聊到一半時，將話題拋給了橘同學。

「小光呢？」

「咦？」

「昨天的足球比賽，妳看了嗎？」

「我睡著了……」

橘同學還是老樣子我行我素。不過學長仍設法將話題延續了下去。

「妳對足球不太感興趣嗎？」

「也不是這樣。」

「看了之後就會覺得很有趣的，下次要不要一起去體育館看比賽？」

學長對早坂同學十分溫柔。但就算從旁人的眼光來看，也能明顯看出學長最喜歡的人是身為未婚妻的橘同學。

這麼一來早坂同學就居於下風了。

她自然地從學長旁邊退開來到我身邊，不過——

「我會加油的。」

早坂同學用前面的兩人無法聽見的音量小聲地對我說著。

「絕對會讓學長喜歡上我。」

「真是積極呢。」

「畢竟今天才剛開始嘛，距離電影開演還有很多時間。」

三天前，柳學長邀請大家一起去看電影。

自從夏天集訓之後，我們偶爾會像這樣四人一同出遊。或許對柳學長來說，有其他人在比較容易跟橘同學搭話也說不定。

當決定要一起去看電影時，早坂同學說了。

『要是學長喜歡上我，橘同學的婚約也會就此消失吧？我想為了桐島同學好好加油。』

可是——

「不要太逞強喔。」

「沒事的，我已經調適好心情了。」

早坂同學繼續說著。

「我很清楚自己最喜歡的人是柳學長。」

「真是這樣就好了。」

最喜歡的是柳學長。聽見這句話，我心中隱隱作痛。

但這件事我早就心知肚明了。我最喜歡的人明明是橘同學，想要成為橘同學的第一順位，如果這樣還產生也想成為早坂同學心中第一順位的想法，那實在很要不得。

所以應該立刻抹去這個痛楚。

我這麼告訴自己。

「嘿嘿。」

早坂同學看著我的臉，很開心似的笑了出來。

「你剛剛嫉妒了對吧？」

「是啊。」

「我非常喜歡看桐島同學露出這種表情呢。」

「早坂同學也很彆扭呢。」

「放心吧，我確確實實地喜歡著桐島同學喔。」

「作為備胎呢。」

「沒錯，作為備胎。」

此時趁著前面的兩人不注意，早坂同學握住了我的手。這瞬間她就像是打開開關一樣將身體貼了上來。那撐起針織毛衣的雙峰擠壓著我的手臂，同時還能感受到她溫熱的呼吸。

早坂同學正用全身向我表達她那包含著莫名不健全的好感。要是這時候我像那些跟她擦肩而過的男人一樣，用滿懷慾望的視線來回應，我想鐵定會變得一發不可收拾。而且，我也有股想這麼做的衝動。

但這時橘同學突然轉過頭來，我們連忙分開。

「社長，你怎麼了？」

橘同學表情不解地偏過頭去。

「沒什麼。」

「……是嗎，那就好。」

橘同學再度跟柳學長聊了起來。

「早坂同學，妳還是自制點比較好。」

「嗯、嗯。抱歉，我好像被氣氛牽著走了……」

雖然現在應該沒有能讓她被氣氛牽著走的狀況，但我決定對此保持沉默。

「吶，桐島同學。」

早坂同學再次小聲地對我說著。

「之前夏天集訓時，我們在橘同學面前接吻了吧？」

「是啊。」

「那個是被當作沒發生過了嗎？」

「至少我跟橘同學都沒有再提到過那個話題。」

「我也跟橘同學很平常地打成一片，還會一起去買衣服呢。」

「感情融洽是好事。」

「可是，她或許會認為我跟桐島同學還會做那種事也說不定，畢竟都用練習男友當藉口了。」

「沒關係吧，不管怎麼說，橘同學都有柳學長了。」

當我跟早坂同學邊散步邊聊時，橘同學跟柳學長離我們愈來愈遠。學長的努力似乎有了回報，兩人聊得有來有往，氣氛十分親暱。

「橘同學跟柳學長是一對俊男美女，任誰來看都會覺得很登對呢。」

「嗯——是嗎是嗎。」

走在我身邊的早坂同學仰起頭看著我說。

「那麼，會以為桐島同學和橘同學兩情相悅就是我的錯覺了呢。」

「咦？」

我忍不住開口反問。

但是，早坂同學卻只是搖搖頭說了句「不對」。

接著露出看起來有些空洞的眼神這麼說著。

「要努力追到學長才行，否則我就沒有任何價值了呢——」

◇

學長帶我們來到大型商場內最近剛開幕的電影院。其他樓層還設有電子遊樂場和美食街。

「離電影開始還有一點時間，去喝杯咖啡吧。」

因為學長這麼說了，我們四人便決定找間咖啡廳閒聊。

我們找了個四方形桌子的座位，以一邊兩人的方式面對面地坐了下來。早坂同學坐在我身邊，橘同學則坐在學長身旁。由於橘同學在就座時很自然地選了學長身邊的位置，學長看起來似乎有點高興。

我們就這麼喝著咖啡聊天，不擅長開啟話題的早坂同學則是始終負責聆聽。

這樣下去就跟平時沒兩樣了。

所以我在桌子底下操作手機向早坂同學傳了個訊息。

『好感的互惠性』。

注意到訊息之後，早坂同學像是明白了一樣將手指伸到桌子底下，在我的大腿上畫了個圈。手指的動作有些色情。

早坂同學希望學長能喜歡上自己，所以我們今天也是有備而來。

在決定要來電影院的那天，我們在空無一人的教室裡討論過。

「心理學上有個名詞叫做『好感的互惠性』。」

「出現了，是很有桐島同學風格的理論。」

「就說只是推理社的筆記上有寫而已。」

那是過去推理社的畢業生所留下來的筆記，俗稱《戀愛筆記》。

那名據說智力有一八〇的學長當時是打算撰寫戀愛推理小說，卻因為慾望朝著莫名其妙的方向失控，寫出了一本戀愛的奧義書，那正是《戀愛筆記》。

書上不僅收錄了像是耳邊推理之類的奇怪遊戲，還記載了以心理學為基準，能夠和女孩子打好關係的方法。

好感的互惠性也是那些心理學手法的其中之一。

「人們有著一旦別人對自己有好感，也同樣會對對方產生好感的心理傾向。」

「也就是說？」

「人會喜歡上對自己釋出好感的人。」

任何人應該都有經驗才對。

「那麼，我只要直接擺出喜歡學長的態度就行了嗎？」

「就是這樣。」

「可是，我沒有立場講那種話，而且當天橘同學也在……」

「所以說，總之先稱讚就行了。」

表達好感的方式並非只有口頭說「喜歡」一種，女性雜誌上也經常介紹追求心儀對象的方法。

雖然很單純，但那是有心理學根據的。

「也就是說，我只要拚命稱讚學長就行了吧。」

「這麼一來學長就會被早坂同學給迷住。」

「我試試看！」

就像這樣，接著畫面再次回到咖啡廳——

我一邊拿起咖啡品嘗，一邊隨口附和著學長說的話，有時還會用眼角餘光看著橘同學平靜的側臉，並再次在桌子底下傳訊息給早坂同學。

『我第一次看到學長穿這件衣服，會不會是最近剛買的呢？』

被稱讚的話一定會很開心吧。

早坂同學看著手機點了點頭，並趁話題告一段落時戰戰兢兢地開了口。

「那、那個……」

或許是因為緊張，她一直低著頭。

「我從在車站見面時就一直這麼想了……」

不錯喔，加油。

「覺得看起來真時尚耶……」

就差一點了。

「橘同學的衣服！」

我忍不住將嘴裡的咖啡噴了出來，搞錯對象了吧。

「非常時尚，很適合妳喔！」

「是、是嗎？」

橘同學不解地偏著頭，會這樣也是當然的。硬要說的話，她今天的打扮比起平時更加輕鬆。但是早坂同學繼續說了下去。

「嗯，非常高雅！橘同學已經是個時尚女王了呢！」

「謝、謝謝妳……」

看來是因為緊張跟害羞，讓她在最後把稱讚的對象換成了橘同學。

『妳搞錯對象了。』

我再次在桌子底下傳送訊息。

『另外，學長剪了頭髮喔。』

早坂同學看到訊息後用力點了點頭，並朝著我豎起大拇指。

啊，不行。她根本不懂，甚至不打算隱瞞了。

這個情況我好像在哪見過。雖然完全不覺得會成功，但早坂同學仍繼續發起挑戰。

當目前話題又告一段落時，早坂同學向學長搭了話。

「我剛剛就一直在想……」

這次她有好好看著學長。

「很好看呢。」

此時她突然轉過了頭

「橘同學的髮型！」

還是老樣子嘛！

「我一直都這麼覺得喔。無論是之前綁在後面、整理成齊長髮，還是今天這種自然的髮型都非常好看！」

「是這樣嗎？」

橘同學再次偏了偏頭。

橘同學確實有著一頭漂亮的秀髮，也會依照心情更換髮型，但現在的她頭髮翹了起來，走路時會戴著帽子也是為了掩蓋自己亂糟糟的頭髮。

硬要說的話，今天的橘同學與其說是沒幹勁，不如說是非常懶散。

但是早坂同學對此毫不在意，只是暈頭轉向似的一股腦不停地稱讚橘同學。不光是外表，連她的興趣跟內在都一併誇了進去。那股對學長的熱烈思念飛向了莫名其妙的方向，就好比控球差勁的投手投出了大暴投。

「小光也很受女孩子歡迎呢。」

學長面帶微笑地說著。

「不一定吧，倒是經常有人說我很難相處。」

「可是小早坂好像很中意妳喔。」

橘同學「嗯」了一聲，有些害羞似的玩起頭髮。

「我好像也喜歡上早坂同學了。」

好感的互惠性還真厲害，效果非常驚人呢。

不過對象搞錯了就是！當我想到這裡時，手機傳來震動。看了才知道是收到早坂同學的訊息。

『再來一次！幫我跟學長開個話題！』

今天的早坂同學真堅強耶。

於是我照她說的最後再找了個話題。

「學長，室內足球的狀況怎麼樣？」

「雖然場地比足球來得小，不過踢球果然還是讓人很開心。」

「新手應該也很多吧？」

「我會主動去教他們。」

「早坂同學也有被學長教嗎？」

我把話題交給了早坂同學。

「嗯，學長很溫柔地指導了我。」

她很害羞似的低下頭去。

「因為我笨手笨腳的一直失誤，所以經常得讓人幫忙。」

連耳根子都變得紅通通的。

「總是有人溫柔地幫助我，所以我一直都很感激喔。」

沒錯沒錯，對學長說吧。

當我這麼想的時候，早坂同學突然轉頭朝我看了過來。

「感激桐島同學！」

「我？」

話題轉變得真快啊！這裡無論怎麼想都該對學長道謝吧。

但早坂同學卻像是在繞口令似的說個不停。

「謝謝你一直以來的照顧。桐島同學不僅在我困擾時一定會來幫忙，還會若無其事地支持我、鼓勵我。我真的很感謝桐島同學，以後也請多多指教！」

我很想對她說「這些話應該對學長說吧」，但早坂同學卻露出一副哭笑不得的表情，像是在說『我這個笨蛋，誰快來阻止我啊～』地看著我一直說了下去。結果她還是老樣子。

「桐島跟小早坂果然是一對好搭檔呢。」

學長用像是「交往起來應該會挺不錯的吧？」的感覺這麼說著。

這時電影差不多快開演了，於是我們離開了咖啡廳。

「對不起喔，桐島同學。」

在前往電影院的途中，早坂同學在手扶梯上這麼低聲說著。

「我果然一緊張就不行了。」

「今天妳已經算很努力了吧。」

「跟桐島同學兩人獨處的時候明明就能好好說話呢。」

學長跟橘同學並肩站在離我們兩階的手扶梯上，旁人看起來他們應該很像一對情侶吧。

抵達電影院之後，我們前去取票，買了爆米花然後入座。

從左到右，我們以學長、橘同學、我跟早坂同學的順序坐在一起。爆米花共有兩份，分別由學長跟橘同學，以及我和早坂同學共享。我們就這樣心照不宣地分成了兩組。

電影是一部描述美麗青春的男女故事。

藍天之下，男孩子正騎著自行車奔向坡道上的女孩子。

我一邊看著電影的高潮場景，一邊產生了戀愛果然還是該這麼清純比較好的想法。而就在這個時候。

『啥、早坂同學！』

電影還在放映，所以我沒有發出聲音，只是用嘴型對她這麼說。

早坂同學握住了我放在扶手上的手。

『這麼暗不要緊的。』

早坂同學用嘴型這麼說。

我悄悄地往左邊瞥了一眼。

橘同學和在她身旁的學長正目不轉睛地盯著銀幕。

「我今天都這麼努力了，請給我獎勵。」

早坂同學在我耳邊悄悄地說。但在橘同學和學長就在身邊的狀況下怎麼可能這麼做。我抱著這個想法無視她看著銀幕，電影馬上就要結束了。

可是，當我這麼做之後，早坂同學開始在我耳邊吹氣，還不時輕咬起我的耳朵。她的氣息開始逐漸帶著濕氣，呼吸也急促了起來。真受不了。

我無奈地回握住她的手。早坂同學見狀露出了就算在昏暗的戲院裡也能明白的開心表情，將頭倚在我的肩膀上撒嬌。她非常喜歡身體接觸。

我們暫時維持了這個姿勢一段時間。

但就在片尾製作成員名單開始撥放的時候——

「夏天集訓。」

早坂同學忽然用只有我能聽見的音量低語著。

「在我離開房間之後，你在裡面跟橘同學做了什麼呢？」

在銀幕的光線照耀下，她的表情顯得有些空洞。

「……什麼都沒做對吧？」

面對她聲音不帶感情的詢問，我忍不住點了點頭。

早坂同學的手加重了力道，我被握住的手隱約有些疼痛。

「……你跟橘同學之間沒什麼對吧？」

「…………嗯。」

見我再次點點頭，早坂同學的表情逐漸明亮了起來，接著露出像是在說「我就知道」的開心表情挽住我的手臂。

為了不讓其他人聽見，她把臉貼在我的衣服上說著。

「嗯，果然桐島同學是最棒的，是只屬於我的桐島同學。桐島同學怎麼可能會背叛我呢。我真笨，老是胡思亂想。桐島同學會珍惜我、接受我，還會讓我覺得很舒服——」

早坂同學開始不停地自言自語了起來。

桐島同學、桐島同學、桐島同學、桐島同學、桐島同學…………

◇

我揹著早坂同學走在回家路上。

為什麼會變成這樣呢。

在電影院前解散的時候，早坂同學朝學長跑了過去。似乎是打算為了今天的事向學長道謝。但由於她十分冒失，不僅在快要追上學長的時候跌倒，還把鞋跟給踩斷了。看著早坂同學舉步維艱的模樣，學長開了口——

「交給你嘍，桐島。」

從體格來看由學長來揹才是最適合的，但既然橘同學在場，學長就不可能這麼做。更何況學長還打算撮合我和早坂同學。

「我送小光回去，兩位再見了。」

「早坂同學，妳沒事吧？」

聽橘同學這麼問，早坂同學點頭「嗯」了一聲。

「我很冒失所以經常遇到這種事，不要緊的。」

「那就好。我說早坂同學，下次再一起出門吧。」

「嗯！只有女孩子一起出門也很有趣嘛！」

「那麼再見了，社長也掰掰。」

總覺得今天的橘同學比平時更加沉默寡言。

我們就這樣解散了，而我現在正揹著早坂同學踏上回家的路。

「我實在好沒用喔！」

背上的早坂同學大叫著。

「亂動的話會掉下來喔。」

「嗚哇啊啊啊！」

早坂同學伸展四肢亂動了起來。這使她那豐滿的胸部有節奏地撞在我的背上，不過大概是因為她穿著緊緻內衣的緣故，觸感並不明顯。硬要說的話，我的注意力比較容易被她那夾著我身體的柔軟大腿吸引。

「我是認真地想好好表現，想讓學長注意到我喔，真的真的非常努力了喔！」

「我知道。」

早坂同學地慢慢地吸著鼻子，還趁機把鼻水擦在我的背上。

「總覺得自己好丟臉……」

「沒那回事啦。」

我用像是在安慰她的樣子晃了晃身體，早坂同學便漸漸冷靜了下來。

傍晚的街道傳來了今天即將結束的感覺。日落來得很快，讓人覺得季節的腳步已離開夏日來到晚秋。正如四季會不斷更迭，無論是我們之間的關係還是自己本身也都不會原地踏步，而是會不斷產生變化。我是這麼認為的。

「吶，桐島同學。」

「什麼事？」

「我會不會很重啊？」（註：日文的「重い」可同時指生理和心理方面的「沉重」。）

「還好。」

「不過，我是個有點沉重的女孩子對吧？」

「對我來說沒問題的。」

「嘿嘿。」

早坂同學雙手使勁，更用力地抱住了我。從街上人們的角度來看，我們應該是一對愛得深沉，依賴心重的女孩子跟揹著她的男友吧，不過事實也的確如此。而且能被女孩子無條件地用如此大量的好感對待，果然很令人開心。

「好感的互惠性果然是真的呢。」

早坂同學用撒嬌般的語氣說著。

「因為桐島同學對我這麼溫柔，使我變得愈來愈喜歡桐島同學了。桐島同學你呢？」

「我也愈來愈喜歡早坂同學了。」

「好開心。」

喜歡上愛慕自己的人是非常自然的事。

既然對方先主動對我表示好感，我當然也會盡可能地變得喜歡上她。

可是我們——

「沒問題的，我心裡有數。」

早坂同學說。

「不過真困難呢。結果今天也變成了學長跟橘同學，我跟桐島同學的分組方式了。」

「他們有婚約在身嘛。」

「學長雖然說要送橘同學回家，但應該不是吧。」

「大概吧。」

兩人在那之後應該是去吃飯，然後學長會把橘同學送到家門口吧。在這有點寂寥的秋日夜裡，難免會醞釀出特別的氛圍。

「橘同學真是個稱職的未婚妻呢。」

「是啊，一定都會待在學長身邊。」

「她意外地很守舊呢，都會在學長身後保持三步的距離。」

「我倒是沒看得那麼仔細。」

「桐島同學，你現在很失落吧。」

「才沒有失落。」

「因為桐島同學有享受嫉妒的習慣嘛。」

早坂同學開心地笑著說。

「接下來該怎麼辦才好呢，感覺學長把我當成妹妹來看待了。」

「首先必須讓他把妳當成戀愛對象才行。」

學長以為我迷上了早坂同學，並打算協助這段戀情。無論是今天會找我們一起出來，還是現在讓我送早坂同學回去，都是為了這個目的。

「學長對桐島同學非常好呢。」

「從國中開始我們感情就一直很好。」

桐島喜歡小早坂。

只要學長還這麼想，他就絕對不可能喜歡上早坂同學，學長就是這種人。不過，我也不可能把自己最喜歡的是橘同學這件事說出來。

「居然愛上了感情融洽的學長的未婚妻，桐島同學也很不容易耶。」

「是啊。」

一旦我跟橘同學交往，那將是對學長的嚴重背叛。

「不過沒問題的。」

早坂同學說著。

「只要我讓學長喜歡上我就行了。這麼一來婚約會解除，橘同學也會恢復單身。在那之後就不必有所顧慮了吧？」

「是這樣沒錯，不過那樣很對不起早坂同學吧。」

「為什麼？我最喜歡的人是學長，這樣很自然吧。」

「所以說啊」早坂同學接著說道。

「在我追到學長為止，桐島同學就等著吧。」

總覺得早坂同學抱著我脖子的手加重了力道。

「我會好好加油，依照桐島同學的期望去做的。」

「嗯。」

「所以啊，不要背叛學長喔。」

「那當然。」

「絕對不要，變成壞人喔。」

「……我知道。」

接下來早坂同學完全進入了撒嬌模式。

「雖然有些不順利，但人家今天非常努力了所以沒關係～！」

說完之後，早坂同學開始做起用鼻子在我的脖子附近聞個不停，或是從背後伸手遮住眼睛這類讓我困擾的行為，真是個愛惡作劇的女孩子。

我跟早坂同學雖然是彼此的備胎，但也是一對正經的情侶，因此會有這種肢體接觸是很正常的，我也很開心。但是——

『絕對不要變成壞人喔。』

早坂同學是這麼說的。

但今天的我，卻是個壞人。

這是在看電影時發生的事。

早坂同學以為大家的視線都集中在銀幕上，握住了我放在扶手上的右手。

而我的左手則是垂在扶手下面。

我並非不自覺地將手垂在那裡的。

橘同學就坐在我的左側。

那個時候——

我的左手正握著橘同學有些冰涼的手。

第9話 打破門禁

說到秋天就是文化祭。

由於我們高中也會舉辦前夜祭跟後夜祭，文化祭的舉行時間會稍微長一點。

文化祭的準備已經開始了。不僅班上的大家都留到很晚，操場也正在搭建舞台。

「辦解謎遊戲的話，我認為很有推理社的感覺，應該會很受歡迎喔。」

擔任學生會長的牧充滿熱情地說著。

放學後，當我跟橘同學一如往常地在社辦休息時，這個男人闖了進來，並開口要求推理社也在文化祭上舉辦活動。

「就算你這麼說……」

本來這就是只為了使用社團教室而創立的掛名社團。雖然暑假奇蹟似地辦了個像樣的活動，但這裡就只有我跟橘同學兩個稍微會看推理小說的人而已，完全沒有進行任何創作活動。

「橘妳怎麼想？」

見牧把話題轉到自己身上，橘同學面無表情地回答道：

「沒什麼特別的想法，不過要是社長想做我就會幫忙，大概是這樣。」

「還是老樣子這麼冷淡，這可是文化祭耶？稍微熱情一點吧。」

總而言之，牧繼續說道：

「你們稍微幫忙想一下吧，否則擔任顧問的小三木可就沒面子了。」

好好好，我這麼回答。畢竟光想也不用花錢。

「話說回來，你們還在交往啊。」

「是啊。小三木工作上有很多事情煩心，我得陪著她才行。」

這個叫做牧的男人正在跟大學畢業兩年，擔任英文老師的三木老師交往。由於她也是推理社的顧問，要是社團沒有活動成績的話，三木老師就會在職員會議上被質問。

「事情就是這樣，拜託你們嘍。這個姑且先給你們。」

牧遞給了我兩張票。

「這是什麼？」

「是遊樂園的票。那裡不但有鬼屋，也有舉辦密室逃脫遊戲，應該能當作參考吧。」

說完這些話之後，牧連忙離開了教室。他是學生會長，文化祭應該有很多事情要忙吧。匆忙的氣氛也隨著牧的離開散去，房間氛圍再度恢復平靜。

這個只有橘同學和我的空間裡，只有小說書頁翻動的聲音迴盪著。

沉默有如飄落的細雪般不斷堆積。

又過了一陣子之後——

「那麼，既然學生會長已經離開了。」

橘同學放下書本，不疾不徐地站了起來。

「社長，要喝咖啡嗎？」

「嗯。」

橘同學用蒸餾咖啡機泡了杯咖啡。所謂的蒸餾式咖啡，簡單來說就是一種要花時間泡的咖啡。暑假一結束，橘同學立刻就將相關工具帶來社辦，並在之後每天都幫我泡咖啡。

「來，社長。」

橘同學將兩杯咖啡放在桌上。

「謝謝。」

「不客氣。」

這麼說完之後，橘同學表情平淡地在我身邊就座。以社長跟社員的距離感來說有點太近了，更重要的是她和柳學長之間還有著婚約，但是——

她那從迷你裙下方伸出的白皙大腿正緊貼著我的腳。

「橘同學……這間教室很大。」

「砂糖只加一顆就好嗎？」

「空間寬廣到還能放下一整張沙發，妳可以再多加利用一點，再怎麼說這樣也靠得太近了。」

「今天我泡得有點濃，希望能合司郎你的口味。」

「那個，橘同學，有在聽我說話嗎？」

最近橘同學總是很熱心地幫我泡咖啡，兩人獨處時還會用司郎這個名字來稱呼我，而且非常不願意坐在我對面，總是想坐在我身邊。

「只要跟司郎在一起……就會有點緊張……」

「我們之間的對話不成立耶。」

「兩情相悅真厲害呢。」

橘同學維持著冷漠的感覺，低著頭繼續說了下去：

「司郎可以對我做跟其他女孩子不能做的事，相反地，我也能對司郎做跟其他男性不能做的事。」

「不，也不是什麼事情都能做吧？」

「都能做喔。」

「啊，終於對上話了。」

「因為司郎對我做什麼，我都會覺得很開心。」

「真是極端耶。」

而我大概也是一樣，只要對象是橘同學，無論被怎麼對待我都會很開心。或許這就是所謂的「第一順位」吧。

「雖然當作沒事般地繼續相處，但我們的關係都有可能發生變化。只要稍微鼓起勇氣，什麼事情都有可能發生。無論是讓感情失控，還是順勢做出確認彼此感情的事，一想到這裡……我就覺得有些緊張……」

橘同學一邊這麼說，一邊將自己纖細的身體倚靠在我身上。

我想在放學後的社團教室裡，抱住眼前這位有著獨特氣質，我最喜歡的女孩子。

但是——我還是將她給推了回去。

「為什麼？」

橘同學皺起了她漂亮的眉頭。

「你為什麼這麼做？」

「講過好幾次了吧。『當備胎女友也沒關係』這種說法，我不打算接受。」

夏天集訓時，我第一次跟橘同學接了吻。當時她這麼說了。

我能夠一如往常地和早坂同學卿卿我我——

能夠照常和柳學長打好關係——

除此之外，還能跟夠跟她成為情侶——

『我當備胎女友也沒關係。』

當時我們就那樣一直親了下去。不過自從集訓結束之後，每當橘同學害羞地想靠近我，我都會推開她。

「瞞著學長做這種事，也太不道德了。」

「你還想當個好人啊。」

橘同學的表情變得冷淡。

「我討厭這樣的司郎。」

「即使妳這麼說，不對的事情就是不對。要是讓早坂同學知道我們做了這種事，她會怎麼想。」

「早坂同學那個只是單純的練習吧。」

橘同學並不知道我跟早坂同學以備胎身分交往的事。她相信早坂同學有其他喜歡的人，我只是用來練習的『練習男友』這個藉口。但是，橘同學的直覺十分敏銳，想一直隱瞞下去是不可能的。

「難道不是嗎？」

橘同學那泛著藍色的雙眼注視著我，但很快就用一句「算了無所謂」結束了這個話題。

「就算早坂同學是真心喜歡司郎也無所謂，我當備胎就好。」

所以就來偷偷做壞事吧——

她這麼說著拉住我的領帶，將我的臉拉近打算吻我。

就在即將碰到的時候，我再次抓住她的肩膀制止了她。

「橘同學跟早坂同學是朋友吧。」

她們兩個最近感情很好。下課時間橘同學有時會來到早坂同學在的教室，或是讓早坂同學坐在前面，自己幫她綁頭髮，非常有女孩子氣息。按照大家的說法，這副光景似乎十分「尊貴」。

「我們假日的確會一起出門。」

「別看早坂同學那樣，她幾乎沒有會對自己一視同仁的朋友。所以我認為她應該很高興能夠認識橘同學。」

「我也幾乎沒有女性朋友，所以很高興能跟早坂同學打好關係。」

「那就更不該對那位朋友有所隱瞞了吧。」

「話是這麼說……你又想用這種話來逃避了吧，明明都願意跟早坂同學練習了。」

橘同學皺起眉頭露出不滿的表情。自從夏天之後，我們就沒再接過吻，這是因為我會拒絕的緣故。每當我這麼做，眼前這個平時表情一成不變的女孩子就會顯得欲求不滿，見到她這種反應會感到高興的我，果然是個無藥可救的男人。

「在電影院時明明願意跟我牽手的。」

「那個是……」

「無所謂了。」

那個時候我沒有甩開橘同學的手，所以我也算是共犯。不過，橘同學並未繼續追問下去。

「我懂了，司郎不想背叛任何人，所以到今天為止才跟我維持著社長和社員的關係。」

「……嗯，就是這樣。」

「如果社長這麼希望，那我也會遵從。會做出未婚妻該有的行為，不會再做會讓社長困擾的事。會當個好孩子，不會繼續做壞事。」

「或許該說，社長對我來說已經無所謂了。」橘同學這麼說完後就從我身上離開了。

「我本來就一點都不喜歡社長。」

「被當面這麼講還真令人難受。」

「從現在開始我們就是陌生人了。」

「還真是極端耶。」

「就算待在一起也一點都不開心，我要回去了。」

就在橘同學收拾東西準備回家時，她注意到了放在桌上的東西。於是她嘆了口氣，用提不起勁的動作將桌上的紙捏了起來。

「這個該怎麼辦？」

她的手上是牧留下來的兩張遊樂園門票。

「該怎麼辦呢。」

「我認為當作社團活動的展出項目前去考察是非常自然的事。」

「說得也是。」

我稍微想了想之後這麼說。

「那麼這週六就去看看吧。」

「雖然我認為社長不會誤會，但這不是約會，請不要有所期待。」

「還真敢說呢。」

「我們只是普通的社長跟社員。」

「我知道啦。」

「跟社長一起出去超讓人沒幹勁的，麻煩死了，不如我自己去還比較好。」

「這句話要是對我以外的人說會死人的啊。」

這不是約會，而是為了文化祭進行的考察。

既不會背叛任何人，也沒做任何虧心事。

我們只是社長跟社員，不過——

跟橘同學一起出門的事，我想自己應該不會告訴早坂同學或學長。

我想橘同學大概也是一樣。

◇

橘同學十分引人注目。只要走在街上，無論男女都會盯著她看。而且並非是一般覺得漂亮的反應，而是在平凡的日常生活突然撞見超乎常理的美女，使得大家忍不住嚇了一跳的感覺。

週末搭乘電車的時候也是一樣。

每個上車的人一定都會多看橘同學一眼。

而我正和這樣的她並肩坐在一起。

我們兩人正一起前往遊樂園。

沿海的風景不斷流過車窗外。以假日出遊來說，現在時間算是偏晚，因此電車裡空蕩蕩的。陽光灑落在海面上，閃爍著燦爛的光芒。

『橘同學，明天有什麼打算？』

『中午過後再慢慢過去就行了吧？畢竟只是單純的考察。』

這是我們昨天進行的電話對談，橘同學始終都是一副懶洋洋的語氣。

看來她是真的對我失去了興趣。

「橘同學還是老樣子在聽日本電台？」

「反正社長也還是在聽文化電台吧，別裝清高了。」

「我最近也開始聽ＴＢＳ電台了。」

「是嗎，我沒興趣。」

我們隨口這麼聊著，感覺她就像個因為要進行文化祭考察才勉強跟來的女孩子。

聊到一半橘同學就睡著了，但她不僅肩膀沒有碰到我，也沒有主動將身體靠過來。

「首先就去鬼屋吧，我想看一下。」

抵達遊樂園之後，橘同學立刻這麼說著。她既不打算去有噴水池的廣場拍紀念照，也沒有去商店買能戴的東西。

只是快步往鬼屋的方向走去，就像是在處理公務。

「話說回來，橘同學妳們班好像是要開鬼屋吧？」

「嗯，就是那樣。」

「橘同學要飾演什麼呢？」

「鬼。」

似乎是身穿白色連身裙，將長髮垂放在臉前面的形象。

「很適合呢。」

「那部分也要參考。」

正如橘同學所說，她自從走進鬼屋之後就開始仔細地觀察四周。這裡是個以古老民宅當作主題的日式鬼屋。不僅很暗，還撥放著詭異的音樂。但是橘同學卻絲毫不受影響。

「橘同學不怕這種東西嗎？」

「完全不怕。」

就算化著特殊妝容的和服女性不斷逼近，橘同學也沒有逃跑，反而還主動靠過去進行觀察。

「稍微怕一下嘛，扮鬼的人都傻眼了。」

「呀——」

「語氣真平淡耶。」

「比起這個，總覺得社長你好像腿軟了耶？」

「是嗎？是因為最近坐姿不太好吧。」

「從剛剛就不停發出慘叫。」

「喉嚨的狀況不太好，我在做發聲練習。」

「要我牽你到出口嗎？」

「我才沒那麼丟臉！」

我們的鬼屋之行平安落幕了。雖然這裡是個能自然跟女孩子貼近的樣板景點，但不僅橘同學對恐怖事物的耐性過於驚人，被她牽著走也總覺得不太對勁。

然後我們朝下一個目的地的活動館走去。

「怎麼了？」

見我開始東張西望，橘同學這麼問道。

我的視線前方是一間賣冰淇淋的店。

「我只是在想橘同學會不會想吃那個，妳喜歡吃冰淇淋吧？」

「不必了，畢竟我們又不是來玩的。」

「這樣啊，說得也是。」

隨後我跟橘同學前往了限時舉辦的密室逃脫遊戲區。

我們參加的遊戲用的是被關在設有炸彈房間裡的設定。

只要解開準備好的謎題，就能得到能打開門鎖的號碼。

「聽說逃脫成功率只有百分之十七。」

「好像很難呢。」

「不過我們是推理研究社的。」

「輕輕鬆鬆呢。」

我們走進房間就座。聽完主持人的說明，並隨著信號開始遊戲。

接著橘同學見到桌上看似填字遊戲的紙之後，立刻就扔了出去。

「我對這種像是考試的謎題……有些過敏……」

「真拿妳沒辦法。」

如果想抵達最後的答案，就必須解開數道謎題。當其他隊伍都在合作填寫一開始的填字遊戲時，我獨自解著謎題。

「解開填字遊戲之後，似乎得出了『看牆壁』這個詞。」

「啊，應該是那個吧？」

橘同學指著房間的牆壁。

有個數字混在裝飾華麗的牆壁上。牆壁明明很大，但橘同學卻能在瞬間找出僅此唯一的數字，她的觀察力果然很優秀。

為了解鎖必須收集好幾個數字，但時間很快就用完了。

「真是可惜。」

「雖然最後十個數字的解答，我們只解出三個就是了。」

因為橘同學只挑選自己喜歡的題目來解，導致幾乎沒有進展。

這方面暫且不提，在走出活動大廳後，我看著天空這麼說：

「太陽已經下山了呢。」

「畢竟出發時都過中午了。」

「要去逛逛其他地方嗎？」

「該回去了，畢竟我家有門禁。」

在街燈亮起的遊樂園裡，情侶們紛紛牽著手走在路上。在那之中，我們並未理會雲霄飛車和摩天輪，而是逕自朝著出口走去。

我跟橘同學之間相隔著足以讓一個人穿過的空隙。

「學生會長要我們在文化祭上舉辦密室逃脫遊戲，但那是辦不到的呢。」

「是啊。」

「隨便弄個展覽之類的蒙混過去算了。」

「就做個推薦的推理小說列表，把書陳列出來吧。」

「想好清單之後傳個訊息給我，我來做看板。」

就在聊著事務性話題的這段期間，我們走出了遊樂園。

沿著設在海岸邊的步道往車站的方向走去。

街上燈火通明，海上吹來的風有些寒冷。

『我家有門禁。』

正如她的這句話，橘同學快步走在我的前方。

我以為這段曖昧的關係會一直持續下去。

能和橘同學維持社長和社員的身分，和早坂同學相處融洽，也能和柳學長維持以往的關係。

我認為那樣就好。畢竟我果然無法背叛學長，也不想破壞橘同學的家庭，更重要的是，我不知道該如何面對早坂同學。

當初約好只要跟第一順位的對象進展順利，我跟早坂同學的關係就告一段落。但現在要是問我能不能乾脆地這麼做的話——

想到這裡，我決定維持現狀。

我現在最喜歡的人還是橘同學。不過，不跟第一順位的女孩子交往原本就是我的哲學，我能像這樣近距離看著她就夠了。

就這樣不傷害任何人，跟橘同學保持適當的距離生活吧。我是這麼想的。

可是——

「無聊，真是無聊。」

橘同學這麼說著停下腳步，接著回過頭來。

「像這種彆腳戲，我果然演不下去。」

橘同學的氛圍和剛剛那懶散又事務性的感覺截然不同。

恢復成以往浪漫，氣勢洶洶又咄咄逼人的美麗女孩子。

「司郎，這算是約會吧？」

她用彷彿能看穿人的視線看著我說。

「不，就說過這是為了構思推理社在文化祭上要舉辦什麼節目的考察了吧。」

「那種事真是麻煩死了。」

因為啊，橘同學繼續說著。

「你從一開始就知道推理社辦不了活動了吧？」

「這個……」

「畢竟司郎是文化祭的執行委員啊。」

沒錯。

我負責搭建後夜祭的舞台。此外，我也很清楚橘同學因為要扮演班上活動的鬼而十分忙碌。所以我很清楚社團是不可能在文化祭上舉辦活動的。

「即使如此你還是收下了遊樂園的票，是因為你本來就想跟我一起出門吧。」

橘同學的眼角微微地變得濕潤。

隨後她充滿情緒地開了口：

「我啊，是打算把今天當成約會的呦。」

這就是她不再演戲的瞬間。

眼前這位站姿凜然，但卻有股莫名虛幻氣質的橘同學接二連三地說出了我一直視而不見，裝作沒注意到的事。

這正是橘同學今天一直埋藏在心底的話語，或是本來想一直隱瞞到最後的感情。

「其實我很想早上就來，想在入口一起拍紀念照，想戴著成對的頭飾逛遊樂園。也想一起吃冰淇淋，還想一起搭雲霄飛車跟摩天輪，可是司郎想維持社長跟社員的關係，我才假裝不感興趣。」

「橘同學……」

「吶，司郎今天原本是怎麼打算的呢？」

見到橘同學的眼眸深處十分寂寞地流露出如同少女般的不安，使我不禁說溜了嘴。

「──我是當作約會來看待的。」

「你也早就發現我是在演戲，從一開始就很清楚我是抱著約會的打算來的吧？」

我知道。

自從橘同學出現在約定地點的時候開始，我就一直很清楚這件事。

幾天前，大家一起去電影院的時候，橘同學是一副用帽子遮住翹起的頭髮，雖然能稱作男孩風，卻完全是在敷衍了事的打扮。

不過，今天在剪票口的橘同學則完全不同。

她身穿一件有褶邊的灰白色女式襯衫，搭配上外套、蝶形領結和長裙。每件衣服的材質都很高級，就像是個出門逛街的千金小姐。不僅畫上了淡妝，頭髮也捲了起來，是很明顯的女孩子打扮。

「明知如此還假裝沒發現，真是過分。」

「……抱歉。」

我又何嘗不想把這當成一場約會。

可是也只能裝作沒發現。要是我和橘同學任由感情驅使，一定會有人受到傷害。我的手上還留著早坂同學的觸感，心中也有許多和柳學長的回憶。

所以我才想跟橘同學維持著曖昧的關係，但是——

『無所謂了。』

平時總是說著這種話的橘同學，現在受到了沉重的傷害。

感覺淚水隨時都會從她的眼中奪眶而出。

「昨天我睡不著。」

橘同學開了口。

「我一直在想，究竟該怎麼做才會讓司郎誇我可愛。我從衣櫃裡拿出了許多衣服比對，在鏡子前面煩惱著，還看了影片學習該怎麼使用捲髮器。」

「橘同學……」

「想到那些事都被視而不見——讓人有些難受。」

考慮到我們四個的關係，我不該講出這句話。

但就在我見到一滴淚水逐漸從橘同學的臉頰滴落之後，我將中午在車站剪票口會合時沒說的話說了出來。

「今天的橘同學非常漂亮。雖然平時的妳也很不錯，但今天更是美麗。」

「司郎……」

橘同學聞言表情亮了起來，我因為想見到自己最喜歡的女孩子露出笑容，跟她一樣講出了今天整天都沒說的話。

「我也想早上就過來，也想一起拍照。雖然戴頭飾讓人有點害羞，不過我也想一起吃冰淇淋、搭雲霄飛車和摩天輪。只要能跟橘同學在一起，就算乘坐無聊的咖啡杯也無所謂。」

「……咖啡杯才不無聊呢。」

「我的意思是有這麼想跟妳約會。」

「那樣的話……」

橘同學擦了擦眼角，有些害羞地將頭轉向一旁，並朝我伸出了手。

「……來牽手吧。」

當我握住橘同學手的瞬間，四周的景物一口氣變得清晰。

世界彷彿被染上顏色般有了色彩。

眼前是西下的夕陽、海邊的道路，以及保持一定距離設置的街燈。

我們懷著開心，卻略帶傷感的心情手牽手走在路上。

晚風吹過，橘同學按住自己的頭髮開了口：

「我喜歡你裝傻的態度，也不必把一切都講出來。不過，唯獨這件事我想徹底弄個清楚。」

「弄清楚什麼？」

「要不要跟我交往——」

別再蒙混過去了，橘同學這麼說著：

「你現在就做決定吧。」

◇

「司郎的手，比想像中更大呢。」

「橘同學的手則是跟外表一樣纖細。」

「我有在彈琴，所以其實很有力氣喔。」

橘同學加重了力道，她手骨的觸感透過被握緊的手指傳了過來。雖然有點痛，但很舒服。

由於橘同學家有門禁，所以我們搭上了電車。

車上沒有空位，我跟她並肩站在車門前，手依然牽在一起。

『你現在就做決定吧。』

橘同學只說了一次，但是她正在等待我的答案。在車站月台等車的時候也一樣，從她皺著眉頭無精打采的模樣來看，就能明顯看出她十分在意這件事。

我注視著那樣的她。

要是我拒絕她或是繼續保持曖昧，這次她真的會跟我形同陌路離開我。我有這種感覺。

「怎麼了，司郎？」

「不，沒什麼。」

我無法背叛學長，而且就算是為了橘同學家著想，我也不想做出會讓婚約取消的行為。

如果這樣還想交往的話，就只能偷偷來了。

這種事情，真的做得到嗎？

要是知道我做出這種事，早坂同學會露出什麼表情呢？

那麼，果然還是該把跟橘同學之間的事全部當作沒發生過？

可是，我實在不想再次看見自己最喜歡的女孩子在眼前靜靜哭泣的模樣了。

當我正在思索的時候，人潮漸漸地湧入了電車。

在經過幾站之後，車廂裡的人就已經多到讓人動彈不得的程度。

「好像是某條路線停駛了。」

「我一旦被司郎以外的男人碰到就會吐呢。」

見橘同學這麼說，我將她帶到車廂門開關側反方向的門邊，自己則擋在她面前當作牆壁防止人群擠過來。

「這感覺像是之前做過的壁咚呢。」

「是啊。」

眼前就是橘同學標緻的臉，還能聞到一股香氣。今天的她甚至噴了香水。

為了不讓自己貼在她身上，我死命地站穩腳跟，但是——

「司郎，像這種時候還是靠過來比較輕鬆喔。」

「可是，該怎麼說，橘同學妳那麼苗條。」

「我可沒那麼脆弱。」

我聽從了她的建議，因為我貼上去比較能讓車內騰出空間，對其他乘客也比較好，但其實這只是拿正論當藉口罷了。就結果來說，單純就只是我想觸碰橘同學而已。

「其實我——」橘同學悄聲開了口「也相當難受喔」。

「……我想也是。」

「嗯。」

「只是沒有表現出來罷了。」她這麼說著。

「我希望能跟早坂同學成為真正的好朋友。」

「可以的。」

「希望自己要是能喜歡瞬就好了。」

「學長是個好人。」

「希望自己要是沒有喜歡上司郎就好了。」

「……」

「但現實卻是我非常喜歡司郎，所以無法回應瞬的心意，也無法和早坂同學成為真正的朋友。」

——我已經無法繼續對這份心意視而不見了。

橘同學這麼說著，將頭倚靠在我的胸前。

現在的我能夠觸碰她那纖細的秀髮、小巧的額頭以及臉頰。就算想要做更進一步的事，她大概也會——

就在這時，電車忽然晃了一下。

受到來自後方的壓力影響，我整個人壓在橘同學身上，膝蓋抵住了她的雙腿之間，姿勢非常不妙。

「該怎麼說呢，對不起。」

「你不必道歉的。」

「因為我喜歡司郎。」橘同學這麼說著。

「所以司郎可以對我做任何事。」

但橘同學在看見我伸進自己大腿縫隙間的膝蓋之後，臉頰便泛起了紅潤。雖然她給人的感覺很成熟，不過這方面還相當青澀。

「妳的臉很紅喔。」我這麼說道。

或許是被我說中了，她露出了不開心的表情。

「只是有點熱而已。」

這麼說完後她立刻裝出了以往的平靜表情，還用雙腿夾住了我的腳。雖然她的腳十分纖細，但大腿果然相當柔軟，使我內心湧現出一股難以言喻的感覺。

於是為了轉移注意力，我看了一遍車廂內的四周。

「人真多，這樣我們下得了車嗎？」

「……我就算直接搭到終點也無所謂喔。」

「妳家有門禁吧？」

「我已經十六歲了，就算因為打破門禁被媽媽罵一頓也無所謂。」

「而且——」橘同學接著說道。

「如果我在門禁之前回家，你知道接下來我會去做什麼嗎？」

「感覺不會是我想聽的內容耶。」

「會跟媽媽一起出門，跟瞬和他父母一起吃飯。」

距離我們下車大約還有六站。

我不想讓橘同學離開，要承認這份心意很容易。但要說這麼做是不是正確的，我認為應該不是。

『你現在就做決定吧。』

我回想起她的這句話。

我們接下來要做的是件壞事。我打算在維持現狀的情況下，瞞著早坂同學和柳學長跟橘同學成為情侶。這是不可原諒的。

但我立刻就發現，我這麼做只不過是在找理由。

因為無法被大眾認同，所以不能跟橘同學交往？

因為沒有其他辦法，所以才跟橘同學交往？

無論選擇哪邊，我都打算把這件事當成無奈之舉。打算把自己的決定推托給除了自己以外的事物。不該是這樣的吧。

我注視著橘同學的臉。

「司郎？」

她那宛如玻璃珠般的眼眸也回望著我。

對了，橘同學從來不找理由，也沒有責備過我。

但是，我卻反過來利用橘同學的善意，將一切事情都歸咎在她身上，不斷享受著這個只對自己有利的狀況。

電影院那時我也擺出一副「因為是橘同學主動伸手所以沒辦法」的表情，來當作理由說服自己沒有背叛早坂同學。

不過回握住她手的人就是我。

我的真心十分單純，就是喜歡橘同學，而現在不希望她去學長身邊。但又不想背叛學長，也不想傷害早坂同學。

依照以往的情況，只要我繼續讓自己無可救藥的真心保持曖昧，橘同學就會若無其事地順著我的意願展開行動，我依賴著橘同學。

但是，我不該老是讓橘同學這麼做。

她已經默默地受到了傷害，所以——我應該負起責任作出選擇。
應該一邊對自己多麼差勁有所自覺，一邊主動擔起這不倫戀的另一半。
想到這裡，我腦中的螺絲就此鬆脫。
好，我就做給你看。就別管那些自己憑空創造的抽象世間道德觀了。
冒出這種想法之後，該怎麼說呢，我就失去了理智。
「司郎？」
橘同學驚訝地叫了出來。這是因為我突然用力靠在她身上的緣故。
並趁勢將臉貼在她的頭上，真是柔順的秀髮。
「好香的氣味。」
「……這樣很讓人難為情耶。」
橘同學的臉紅了起來。沒錯，我就是想見到她純真的一面。
我喜歡她不擅長防守，一旦被人進攻就會變得很好哄的一面。喜歡面無表情的她產生動搖的一面，喜歡她其實是個戀愛新手，但總是假裝從容的一面。
橘同學可以不必再當壞人了，因為做壞事的人是我——全部都是我的錯。
「妳香水擦在哪裡？」
「脖子。」
我要以自己的意志擔起責任，不再歸咎於其他人，帶著堅定的決心投入這場不倫之戀。
接著我撩起橘同學的長髮，毫不猶豫地將臉貼到她白皙纖細的脖子上。

「啊……」

橘同學呼出一口氣，能明顯感覺到她的身體正在顫抖。

「司郎，車已經要到站了……」

電車的速度逐漸慢了下來。要是不在這裡下車，橘同學將會趕不上門禁，也無法和學長共進晚餐。

我就這樣壓在她身上動也不動。即使最後電車停了下來，車門打開，我依然沒有動靜，橘同學也沒有抵抗。

「司郎……我可以當作你答應了嗎？」

「——嗯。」

短短數十秒的停車時間。

我們在這靜止的世界中，感受著彼此的呼吸。

最後車門關閉，電車再次動了起來。

◇

電車發出規律的聲音逐漸前進。

橘同學將手伸進我的上衣裡面，環繞到背上。

用旁人難以看出端倪的方式抱住了我。

考慮到我們總是拿《戀愛筆記》的遊戲當作藉口，或許這才算是我們真正第一次的肢體接觸也說不定。

「我真是個無藥可救的男人。」

「是嗎？」

「橘同學說過自己無論被怎麼做都沒關係對吧，所以剛剛我就做了自己想做的事，雖然知道妳會感到困擾。」

「真是壞心眼呢。」

不過太好了，橘同學這麼說著。

「我一直都想被司郎這樣宣洩。」

「可以嗎？」

「希望能被那份情感衝撞到支離破碎。」

我趁著電車塞滿人的混亂將橘同學整個人蓋住。帶著名為喜歡的真實情感，壓制住她有男友、有未婚夫、倫理觀念及社會正義等諸多念頭，用全力抱住了她。

「司郎……」

橘同學的腰因此高高地弓起。

「抱歉，很難受嗎？」

「不會。」

橘同學這麼說著。

「實在太舒服……好像要死掉了……」

我失去了理智，不過橘同學好像也一樣。

最後，即使乘客減少，我們仍然抱在一起，直到終點站。

這是個非常鄉下的車站，折返的列車發車是在一個小時之後。漆黑的月台傳出了鈴蟲的叫聲，周圍也沒有民宅，不過這對於熱戀中的我們絲毫沒有影響。

空無一人的月台角落，我撬開橘同學的櫻桃小嘴，將舌頭伸了進去。

橘同學早已做好準備，全身無力地任我擺布。

現在的情況和跟夏天的時候相反，橘同學氣喘吁吁地張著嘴，我則像是在確認她舌頭觸感似的舔著，連牙齒內側都不放過，單方面地蹂躪著她。在接吻的同時，橘同學將全身貼了上來。

「司郎終於肯吻我了。」

橘同學的表情變得恍惚。

「像這樣被人強吻，感覺很棒，多來一點。」

我應橘同學的要求，再次不顧一切地吻了上去。

能跟這麼漂亮，又是自己最喜歡的女孩子情投意合地做這種事，無論再怎麼委婉地表現都棒極了。

我用盡全力抱住橘同學纖細的身體，她再度弓起了腰，開心地渾身顫抖。對此感到高興的我又更用力地抱住了她。橘同學再次顫抖，微微地抽動著。

我們的情緒逐漸升溫，每次分開嘴角都會掛著唾液，並再度接吻。

「司郎……讓我……喘口氣……」

橘同學上氣不接下氣地說著，我也難過地吸了口氣。

感覺就快要窒息了，但我們還是立刻──

「再來一次吧，我還要……更多……」

「當然。」

我和橘同學再度開始了數不清是第幾次的吻。唾液自我們的嘴角滑落，刻意發出的聲音使我們更加興奮，橘同學抱住了我的腰。

我們反覆不斷，一次又一次地交換著唾液──就在這個時候。

距離我們不遠的地方，響起了手機的拍照聲。

我們瞬間停下了動作，月台上看起來只有我們兩個。

要是有人偷偷躲著拍照的話，那麼對象就是我們，而被拍到的應該是我們正在接吻的場景。

「被拍到特寫了呢。」

「嗯，被拍了呢。」

既然會刻意拍照，代表對方很有可能認識我們。

之後肯定會演變成麻煩事。雖然這麼想，不過──

「不過無所謂呢。」

「無所謂吧。」

就跟玩《戀愛筆記》上的遊戲時一樣，我們在做這種事情的時候腦袋都會變得不太靈光。

於是我們毫不在意地繼續接吻，橘同學即使喘不過氣，也依然發出呻吟吻了上來。

當這陣一時的熱情消退之後，我們一如往常地回過神來。

然後當搭上回程電車，並肩坐在位置上時，我們立刻制定了規則。

規則是在學校或車站等公共場合，我們既不會接吻也不會互相擁抱。

我並不清楚我們接下來將會變成怎樣，或是將走向何方。

不過無論如何，只有一件事情是可以肯定的。

「我們開始交往了呢。」

在電車的座位上，橘同學放鬆力道依偎在我身上這麼說著。

「是啊。」

我點了點頭。

「就讓我們背著學長，瞞著早坂同學交往吧。」

第10話 窗簾之中

「咦？橘同學不在嗎？」

早坂同學說著。

這是在體育倉庫發生的事。

我正在整理剛剛上課時使用的足球。

「妳找橘同學的話，她剛剛拿著跨欄離開嘍。」

「這樣啊。」

身穿體育服的早坂同學看了看四周，找了個操場看不到的角度關上了門。

「我說，妳在打壞主意吧？」

「誰叫我們最近一直都見不到面嘛。」

早坂同學露出鬧彆扭的表情說著。

「彼此都因為文化祭在忙嘛。」

「桐島同學是執行委員呢，你是負責後夜祭的舞台吧？」

後夜祭往年都會舉辦最佳情侶競賽，像是舉行有男女一組的兩人三腳，或是問答比賽等考驗情侶之間感情的比賽。

還有著優勝的情侶將來一定會結婚的迷信。

「畢竟是文化祭的最後一個節目，那個活動總是非常熱鬧呢。」

「我只負責布置就是了。」

我的工作只有搭建場地，企畫則是由其他組別負責。

「那麼，桐島同學當天會有空吧？」

「是這樣沒錯。」

「既然如此──」早坂同學忸忸怩怩地說著。

「能不能一起……參加情侶競賽呢……之類的……」

「誰知道呢，我認為這樣有點不妥。」

「說、說得也是！畢竟要是一起參加，就像是跟大家表明我們是一對情侶嘛……要是做了那種事，我就不能追學長了，桐島同學也會覺得困擾吧。」

「真抱歉，說了奇怪的話。」早坂同學向我道了歉。

「而且在那之前，早坂同學在班上更忙碌吧。」

「確實呢。」

我跟早坂同學是同班同學。雖然我因為擔任文化祭執行委員的緣故不必參加班級活動，但認真參與班級事務的早坂同學是整個企畫的核心。

「不過角色扮演咖啡廳，有點無聊耶。」

「大家都對早坂同學有所期待。」

「嗯，他們拜託我在後夜祭時也留在店裡接待客人……」

以行程上來看，她是不可能參加最佳情侶競賽的。

「雖然知道，但還是會有點想參加看看。該說是被文化祭的氣氛影響了嗎？你看嘛，學校裡的每個人都有些浮躁對吧？」

「畢竟到了戀愛的季節啊。」

該說是文化祭的魔力嗎？校舍裡隨處都能看到有人在談戀愛。

「我聽說也有不少人向早坂同學告白。」

「是有一些啦。」

「好像還會被留到很晚，不要緊吧？」

「沒事啦，只是跟平常一樣被告白，或是交換聯絡方式而已。」

「女同學們都在討論，說早坂同學被一個三年級的帥哥告白了呢……」

「嗯，那是指誰啊……大家的長相都差不……啊！」

這時候早坂同學露出了像是想到什麼似的表情，眼睛突然亮了起來。

「嗯，真的很帥喔！讓我都想跟他交往看看了！」

早坂同學果然不擅長演戲。

她表情上寫滿了總之想讓我嫉妒的想法。雖然有點猶豫該怎麼辦，但早坂同學的模樣太可愛了，於是我也用彆腳的演技附和著她。

「別、別這樣啦～妳要是講這種話，我會很不安耶～」

「桐島同學嫉妒心這麼重，真拿你沒辦法呢。」

早坂同學露出了滿足的表情。原以為她會為了讓我再嫉妒一點而繼續演下去，不過她卻立刻靠過來，用雙手抓住了我的運動服。

「嘿嘿，放心啦。」

她一邊這麼說，一邊用額頭摩擦著我的胸口。不，也太好哄了吧。

我可是做好了繼續演下去的準備耶。

「只要桐島同學說喜歡我，摸我的頭誇我是乖孩子，我就哪裡也不會去喔。」

我按照早坂同學的要求撫摸起她的頭。

「這個，我好喜歡。多摸一點——」

早坂同學順從感情撒起嬌來。

我認為自己就算不這麼做，她大概也不會離開我，並覺得這樣的她很惹人憐愛。

「放心吧，我的男朋友只有桐島同學一個人。其他男生對我來說根本無所謂。」

說到這裡，早坂同學不知為何移開了臉，接著忽然露出憂鬱的眼神看著我。

「不過……要這麼說的話，桐島同學還比較不應該呢。」

「為什麼？」

「我就算被人搭訕或是告白，也就只是這樣而已。可是，桐島同學不一樣吧？」

「咦？」

「我知道的喔。」

早坂同學說完後失去表情，我的背上流出了冷汗。

橘同學的事應該還沒被發現才對。我們只有在家裡才會用手機交談，而且自從遊樂園之後，我們就沒有再一起出門過了。

但是，當時我們在終點站被某人拍到了接吻的場面。難不成那個人是——

「吶，桐島同學。」

早坂同學用空洞的眼神向我提問。

「你有話該對我說吧？」

「不、這個，那是……」

「……我不想被你當成沉重的女孩子，所以我才沒有問。」

她抓著我運動服的手愈來愈用力。

「桐島同學為什麼要做出那種事情呢。我因為太在意了，晚上一直都睡不著。」

「先、先冷靜下來。」

「你什麼都不說，就瞞著我跟一個超漂亮的人打成一片了呢。明明都有我在了，明明我什麼都願意做，無論什麼事情我都願意接受的說……」

「雖然妳可能無法諒解——」

「不對，那個人不該說是漂亮，硬要說的話應該算是可愛吧……」

「可愛?的確，兩人獨處的時候大多時候都覺得她很可愛啦。」

「還很有活力。」

「算是有活力嗎？」

「低年級的……」

「低年級？低年級、低年級……啊，低年級！」

說到這裡我才終於想到。

「妳是指濱波嗎！」

她是跟我一起工作，擔任文化祭執行委員的一年級生。

名字是濱波惠。

雖然是低年級生，但做事非常謹慎，經常會對我發牢騷。

我向早坂同學說明了濱波的事。

「我們聊的全部都是關於文化祭的事啦。那傢伙雖然是一年級生，不過卻是副委員長，所以才會來找我說話，說的都是事務上的指示或確認流程。」

「是嗎……」

早坂同學的眼神恢復了光彩。

「這樣啊……是嗎，是這樣啊！」

「抱歉，什麼都沒跟妳說。」

「不，是我誤會了。因為桐島同學老是跟一個可愛的女孩子待在一起，才讓我稍微有點擔心。

我真是個笨蛋，桐島同學明明不會做出那種事。」

早坂同學先是露出歉疚的表情，隨即笑著抱住了我。

「桐島同學才不可能會傷害我呢。早上雖然有些猶豫，不過沒帶菜刀來果然是正確的。」

「啊、嗯。」

她剛剛輕描淡寫地說出了不得了的話耶！不過那個暫且不提——

「早坂同學，就算是在體育倉庫，但這裡可是學校喔。」

「我才不管。我最近很努力，給我獎勵。」

她一邊這麼說，一邊朝我抬起了下巴。

還是老樣子地愛撒嬌。我順著早坂同學的要求，吻上了她柔嫩的嘴唇。接著她像是在撒嬌似的將嘴巴貼了上來，但體育倉庫的外頭很快就傳來女學生呼喚早坂同學的聲音，於是我們連忙分開。

「我得過去了。」

早坂同學就這麼朝著倉庫外走去，並轉頭過來對我說。

「我們應該是一對正常的男女朋友吧？」

「那當然。」

「既然如此——」

此時早坂同學露出了有些撫媚的表情說著：

「等文化祭告一段落有空的時候，我們也來做些大家都在做，一般男女朋友都會做的事情吧，約好了喔？」

拋下這句話之後，她便離開了體育倉庫。

——大家都在做的事。

早坂同學指的大概是非常成熟的行為。我想就算是高中生，會做出這種行為的人大概也很多。但是對我而言，這個問題非常深刻，必須仔細考慮。

「已經可以了嗎？」

女孩這麼說著，一臉平靜地從跳箱後方走了出來。

是橘同學。

沒錯，早坂同學在我跟她兩人在體育倉庫獨處時闖入，所以橘同學才連忙躲了起來。

「早坂同學說的普通男女朋友會做的事是什麼？應該不是接吻吧？」

橘同學不解地偏著頭這麼說。

「誰知道呢。」

我也歪著頭裝傻。

橘同學是最近才剛從少女漫畫學習戀愛的戀愛新手，而且還是個有未婚夫的千金小姐，所以就算不清楚比接吻更進一步的事情也不奇怪。不過這樣也好。雖然很在意她健康教育課時都在做什麼，但畢竟她是個討厭念書的女孩子，那麼注意力應該都不在課堂上吧？

「算了，無所謂。」

橘同學這麼說著。

「比起這個，早坂同學果然讓人覺得如果她失去司郎的話會壞掉呢。」

「這樣好嗎？」橘同學向我提問。

「其實司郎也想跟早坂同學多吻一會兒吧？」

「那個，該怎麼說呢……我跟早坂同學——」

「不必解釋，我其實也不在意。」

看來她似乎真的不在意。既沒有問我跟早坂同學之間做了什麼，還露出了不感興趣的表情。

「不過，說得也是呢。」

橘同學單手抓住我體育服的胸口，將我的臉朝她拉了過去。

接著將薄嫩的雙唇抵了上來。

並在離開之後，露出惡作劇般的笑容這麼說。

「蓋掉了。」

◇

情況變得岌岌可危。

早坂同學喜歡我的心情正不斷升溫。

尤其是最近她變得非常想做『一般男女朋友會做的事』。還在準備文化祭的時候倒是無所謂，但我能輕易想像自己遲早會被迫做出決定。

另一方面，橘同學基本上都很冷靜且能夠自制。不過，她有時會很情緒化且咄咄逼人，有時又會變得傻傻的，實在難以捉摸。

無論如何，在早坂同學面前我都必須好好隱瞞自己跟橘同學的關係。

這麼一來，車站月台上的那個拍照聲就很讓人在意。
究竟是誰拍下了我跟橘同學接吻的照片？
正當我想著這些事情時，來到放學後在操場布置舞台的時候。
「很賣力呢。」
濱波惠向我搭了話。
她是擔任文化祭執行委員的一年級生。
是個整體給人嬌小印象的女孩子，雖然留著一頭時下流行的非對稱瀏海，但其實她也兼任風紀股長，性格非常的一板一眼。
「桐島學長，扭緊螺絲的樣子非常適合你喔。」
看她胸前還抱著文件夾，應該是來確認作業情況的吧。
「看到濱波就覺得很安心呢。」
「怎麼了，這麼突然？」
「畢竟濱波是個正經的女高中生啊。」
是個時下隨處可見的女高中生。
既沒有精神面上的偏差，也不會對我擺出咄咄逼人的態度。
「我說，多聊一會兒吧。」
「咦？我完全搞不懂話題走向耶？學長，你腦袋沒問題吧？」
「濱波人真好耶，會像這樣好好地開口吐槽。」

「這是什麼意思?桐島學長的身邊只有會裝傻的人嗎。」

「就是這樣啊。」

就算我做出了不道德的選擇,早坂同學和橘同學也不會責備我,甚至反而會因此感到開心,或是主動附和。

「沒錯,我的確很不妙,我就是需要會對我這麼說的人啊!」

「咦,感覺學長你不太妙耶,這種事我做不來啦。」

「現在陷入了類似三重裝傻的狀態,所以能被吐槽很開心。我說濱波,多吐槽我一點吧。」

「請別擅自那麼激動,你這不是完全失控了嗎!」

「太舒服了,有常識的人真棒。現在我需要的就是會否定我,責備我的人啊……」

「我覺得學長的那種想法很可怕!」

「再來!多罵我一點!說我是個最差勁的人吧!」

「煩死人了~請你振作一點!」

濱波用資料夾拍打著我,這也讓我感覺棒極了。

「現在整間學校已經很浮躁了耶?身為執行委員的我們不振作點怎麼行啊!」

現在能聽見這種正經意見真是痛快。

我吸了口氣,恢復冷靜之後開了口:

「那麼,發生了什麼事?」

「有個原本申請要辦咖啡廳的三年級班級,其實是打算開酒店喔。」

「就用執行委員的身分嚴格管制吧，文化祭應該以健全的方式舉辦。」

因為維持著不健全關係的緣故，我反而開始追求純潔的事物。補償心理對於人來說是必要的。

「等到引發問題再行動就太遲了。就算是為了讓文化祭成功，也必須好好遵守規範才行。」

「濱波的這種想法實在太棒了。」

「就說不要這樣了。」

濱波拍了一下我的胸口。

「所以說，由於大家都有些浮躁，接下來我跟學長每天都要留到最後巡邏學校。畢竟等校內發生不檢點的行為就太遲了。」

「為什麼找上我？」

「因為光是布置舞台也很開心的執行委員，只有學長你一個而已。」

「說得也是。」

於是，我變成了管制不健全行為的一方，這讓我內心感到非常矛盾。

「那麼首先就請學長去警告、指導橘光里學姊吧。」

「咦？」

「畢竟你們關係似乎不錯。」

她突然提起橘同學的事，使我嚇了一跳。

「妳、妳、妳怎麼知道我跟橘同學感情不錯？」

「桐島學長不也是推理研究社的人嗎。」

「是、是啊，沒錯。」

是這樣啊，看來我變得有點神經質了。

「不過為什麼要我警告橘同學？」

「她們班不是要辦鬼屋嗎？看來好像還想加上解謎要素變成密室逃脫遊戲，也就是要逃出鬼屋。」

遊樂園考察似乎是有成果的。

「光是這樣倒還無所謂，問題在於招攬客人的方式。」

「方式是怎樣？」

「逃脫成功的酬勞，似乎是橘學姊喔。」

「能得到橘同學？這還真不得了耶……」

「當然不可能是這樣啊。」濱波冷靜地這麼說著。

「是能和橘學姊一起參加最佳情侶競賽的權利啦。」

男學生們似乎因此反應非常熱烈。

畢竟還有取得優勝的情侶將來會結婚的迷信。

「我認為把女孩子當成獎品不太好。因為這件事比較曖昧，要直接介入也很困難。所以請桐島學長主動去拜託橘學姊別那麼做吧。」

「不過，這應該算勉強過關吧？」

我拋開私情這麼回答著。

「要是維持鬼的打扮出場就能當成玩鬧來帶過了吧。妳想想，都有男同學組隊報名最佳情侶競賽來搞笑了，鬼怪應該也在那個範圍內不是？」

「不行啦。就算是鬼，但那可是橘學姊耶。當天鬼屋一定會擠滿以獎品為目標的人變得一團亂的。」

最近橘同學在校內的人氣似乎正以驚人的速度增加。

「你看，她的男友不是冒牌的嗎？」

「啊，那個啊。」

柳學長的親戚為了不讓閒雜人等靠近橘同學，一直假裝是她的男朋友。

而柳學長本人則是在意她的感受，並未將婚約的事開誠布公。

「知道她沒有男友之後，男生們可是非常激動呢。就連我們班上的男生也會特地跑到二年級的教室去看橘學姊。」

要是現場發生意外可就不好了，濱波這麼說著。不過，就我個人而言，也不希望看到橘同學和其他男生參加最佳情侶競賽。

「知道了，我會去說一聲。還有其他可能出現問題的地方嗎？」

「是還有一個——」濱波繼續說著。

「二年級不是有個要開角色扮演咖啡廳的班級嗎？」

「那是我們班，雖然我完全沒接觸就是了。」

「他們好像準備了有點危險的服裝喔。」

這讓我立刻聯想到早坂同學。

我能夠輕易想像出她受到大家拜託，雖然感到困擾但還是露出笑容的模樣。

「不過我們的方針就是不去管這方面的事對吧。這種事情每年都會發生，也從來沒有發生過糾紛。」

「嗯——不過啊，或許也會有只是在迎合眾人，其實不想穿這種服裝的女孩子也說不定。還是以執行委員的身分去提醒一下比較好吧？」

「說得也是。不過，要是真的有那種人在的話——」

濱波稍微想了一會兒之後開口：

「既然是同班同學，只要桐島學長你去幫忙就行了吧？」

◇

自從開始和濱波一起替校舍的門上鎖後，我才發現這次文化祭，大家變得比我想像中更加得意忘形。

「剛剛連忙逃走的情侶，沒穿衣服吧？」

「……他們到底在體育館排練什麼呢。」

「快點上鎖吧。」

在開始這麼做之後過了幾天，我敲響了學生會室的門。

時間是某天的放學後。

學生會室的周圍十分冷清，因為這裡跟推理社的社團教室一樣位於舊校舍。房間裡除了擔任會長的牧以外沒有其他人，大家似乎都出去了，牧則是正不停地審視著有關文化祭預算的文件。雖然他的表情一派輕鬆，處理速度倒是很快。

「真稀奇耶，桐島竟然會來這裡。」

「有點事找你。」我這麼回答。

「之前你曾經計畫要把學生會打造成Youtuber吧？」

「那件事怎麼了嗎？」

「當時的道具在哪裡？」

「應該是在這房間的某個地方吧——」

於是我在凌亂的學生會室裡找了起來。打開櫃子，或是把頭探進桌子底下，接著很快就找到了它。

東西被放在一個大塑膠袋裡。

那些是學生會的成員以拍片為前提準備的東西。只因為牧的一時興起，就花費了相當大筆的預算。

牧的腦筋轉得很快，他立刻就發現了我的意圖。

「桐島，這是為了早坂吧。」

「算是吧。」

我們教室今天午休也在為了文化祭要開的角色扮演咖啡廳做準備。

當時的早坂同學就像換裝人偶一樣，按照大家的要求換上各式各樣的衣服，像是女僕裝或是貓耳。由於他們打算把早坂同學當成吸引客人的主軸，因此果然有許多危險的服裝。

既然班級已經決定要開角色扮演咖啡廳，我也無法開口反對。

早坂同學臉上總是掛著配合他人的笑容，但偶爾又會露出非常陰沉的表情，顯然她其實不喜歡做這種事。

「畢竟事到如今也不可能要求早坂主動開口抱怨。」

「對吧？不過由我開口要他們住手也很奇怪。」

所以我想到了個點子。

「不過桐島你出手幫忙真的好嗎？」

「無所謂吧？」

「要是這麼做，早坂那傢伙會不會又變得很不妙啊？」

早坂同學確實有著只要被我幫助，喜歡的感情就會失控的傾向。

「雖然我不知道你們現在究竟到什麼程度了。」

「已經不是能跟人講的地步了。」

「對我也是？」

「嗯。」

「真厲害啊！」

牧發出了有些傻眼又像是佩服的聲音。

「我知道了，我會讓學生會的某個人拿過去。只要用學生會的禮物當名義，就不會出現桐島你的名字了。」

這時正好有個擔任書記的一年級男學生回到這裡，牧便請他扛著大塑膠袋送到我們班去，這麼一來就沒問題了吧。

「抱歉啊。」

「沒差啦。」

比起這個，你可要好好處理這件事喔。牧這麼說著。

「男性說的『喜歡』都很隨便吧？」

「畢竟基本上都是一見鍾情嘛。」

「而女孩子因為不太會說『喜歡』，當她們說出來的時候大多都是認真的。雖然這讓人很高興，不過其中大概投注了超乎我們想像的深刻感情。」

「最近我深有體會。」

我誠心地追求著能不受大眾常識束縛，充滿原創性的戀情。這個立場我不曾改變。因為不希望我們被電影或電視劇的戀愛框架拘束，進而無視自己真正的心情。

不過所謂不受框架拘束的自由感情，就好比超越善惡的力量奔流，對我而言必須更加慎重地對待。

「那麼，我差不多該去鎖校舍的門了。」

「哦，辛苦啦。」

「牧也不要待太晚喔。」

說完之後我就離開了學生會室。不知不覺和牧聊了真久。

舊校舍早已一片漆黑。

逃生出口的綠色燈光讓人聯想到醫院，只有自己的腳步聲喀噠、喀噠地迴盪著。

老舊的走廊實在太有氣氛，使我不禁加快了腳步。

穿過第二化學教室的前面，陳列在玻璃窗對面的解剖標本映入了我的眼簾，我立刻別開視線。

總覺得有股寒意，緊接著——

——有人正在盯著我看。

我有這種感覺。因為感覺到了視線。

有人盯上了我。我抱著這個念頭回頭一看，卻不見任何人影。

昏暗的校舍使我產生了超脫現實的幻想。

就在這個時候。

地科準備室傳來了用指甲刮門的聲音。

就在我忍不住停下腳步的瞬間——

某個東西衝了出來，一把推倒了我。

並趁我倒在地上時坐到了我身上。

是人。

對方手上還握著發出銀光的刀子。

◇

我膽子很小。

國中時，我曾經去過牧的家跟他一起看過恐怖電影。還記得當時我死盯著電視機的索尼標誌看，並在結束之後講了一句「其實也不怎麼恐怖耶」。

因為我是這種性格，所以當我在舊校舍被拿著菜刀、穿著骯髒白色連身裙的女人襲擊，就算發出「呀——哇——啊——！」地慘叫聲也不奇怪。

女人將長髮垂在臉前面遮住面容，我看不清楚她的長相。

不過這時，我終於想起了鬼屋的事。

「……原來如此，是橘同學嗎。」

「正確答案。」

橘同學撥開頭髮露出面孔，不過她底下的臉也仔細地化了詭異的妝。

「嚇到了嗎？」

「是啊，真有妳的。」

聽到慘叫之後，牧從遠方的學生會教室打開門探出頭來。不過很快就像是理解事情原委似的縮了回去。

「橘同學，妳在這裡做什麼？」

「因為看到司郎走進了舊校舍，就想著要嚇你一跳。」

我來找牧是一個小時前左右的事。也就是說這段期間，橘同學一直獨自在空無一人，一片漆黑的地科準備室裡待命。她的膽子是有多大啊？

「橘同學只因為這樣就跑過來了？」

「是啊，畢竟我既不能進行社團活動，也不能出門嘛。」

自從橘同學打破門禁的那天開始，她母親嚴格地限制了她出門。休假一起出門自然不用說，就連平日也得在文化祭的準備結束後立刻回家。

「雖然彼此都很忙所以沒辦法。」

橘同學態度有些猶豫地說著。

「不過總覺得，該說有些寂寞嗎……我不太清楚就是了……」

看來她也對自己萌生的這種情感而感到困惑。

「正因為如此——」

橘同學維持騎在我身上的姿勢，毫不猶豫地吻了上來。她抵住我的嘴唇，將舌頭伸進我嘴裡，非常流暢地在裡面轉了一圈。

「真不錯呢。」

她露出了滿足的表情。

要是沒有化詭異的妝，她的表情應該會非常可愛吧。

「那麼，我差不多該走了。班上要是不集合是不會解散的。」

橘同學乾脆地站了起來。我並非沒有產生『要是寂寞就該多待一會兒』的想法，不過這樣才像她的作風。

「妳很努力參與文化祭呢。」

「因為司郎說過，像這種活動還是珍惜比較好。」

「再見。」

橘同學有時候就像狗一樣聽話。

她說完之後便朝著新校舍的方向跑去。

我也錯開時間返回新校舍。

「我說學長，你很慢耶。是跑去哪裡摸魚啦！」

我回到已經變成執行委員辦公室的視聽教室和濱波會合。接著她要前往校舍一樓和特別教室確認熄燈情況，我則是負責二樓和三樓。

於是我先從三樓的三年級教室開始巡邏。由於還有人留在教室，我便催促要他們回家。因為考試將近，三年級無論哪個班級都不怎麼用心在準備文化祭。他們放學後仍繼續留在學校，是基於對逝去青春的眷戀吧。

為了文化祭準備留到晚上的夜晚校舍，有種不可思議的魅力。

這股混雜著歡樂與些許寂寥的氣氛，跟末班車十分相似。

我走下樓梯來到二樓，逐一確認起二年級的教室。

見到還有一間教室的燈沒關，我便走了進去。
就在我關掉電燈的那一瞬間。
有人從身後抱住了我。從這柔軟的觸感來看，不用確認我也知道是誰。
「桐島同學……」
甜膩的嗓音，以及緊貼背後讓人心癢難耐的熾熱氣息。
是開關完全打開了的早坂同學。

秋天的夜晚，正在準備文化祭的校舍，兩人獨處的教室。
月光從窗外射了進來，就算已經熄燈，室內也並非一片漆黑。
從背後抱住我的早坂同學加重了手上的力道。
「你跟橘同學一起從舊校舍離開了對吧？你們做了什麼？」
這是個讓人背脊發涼的問題。
不過從她貼著我的情況來看，我明白事情並非無法挽回。
「橘同學說想把放在社團教室的書帶回去，我去幫她開門。」
這是個很牽強的藉口，不過早坂同學似乎完全能夠接受。
「這樣啊，桐島同學跟橘同學的關係不怎麼好呢。」

「因為推理社在準備文化祭的期間沒有活動啊。」

「你知道嗎？最近橘同學回家時，學長都會悄悄來接她喔。」

橘同學最近都刻意跟我錯開時間回家，大概是不想讓我見到她跟學長在一起吧，這讓我覺得有點可愛。但現在比起那個——

「慢著，早坂同學。」

「沒關係。」

早坂同學繞到正面緊緊抱住了我。

「我對這個感覺有印象。」

「謝謝你，桐島同學。」

早坂同學直盯著教室角落一個從學生會室送過來的塑膠袋，裡面露出了一顆巨大的熊類角色頭套。

那是牧在制定學生會Youtuber化計畫時，花了上百萬預算購買的布偶裝。原本是想讓它當作學校吉祥物登場的，但由於點閱數遲遲不見增長，計畫也就此告吹。

「那是學生會的人拿過來的布偶裝，說是可以用在角色扮演咖啡廳。」

早坂同學立刻就主動提議說要穿穿看。

「雖然還有人希望我穿其他服裝，但就在我堅持說要打扮成可愛的熊否則就不做之後，事情總算告一段落了。」

當天似乎決定由她穿這套布偶裝去接待客人。

「謝謝你，我其實很不想穿強調胸部的衣服。」

「是學生會送那些東西過來的吧。」

「不對，是託桐島同學的福，這一切都是桐島同學的功勞。」

早坂同學再次依偎在我身上，將臉緊貼了上來。

「感覺總有一天連天空放晴也會變成我的功勞耶。」

「嘿嘿。午休時，你看到我為難的樣子了吧？那時候我就覺得桐島同學會來幫我，畢竟是桐島同學嘛。」

「不過不能老是幫我喔——」她有些壞心眼地說著。

「因為桐島同學最喜歡的人是橘同學嘛。」

她雖然這麼說，臉上卻是非常開心的表情。

「比起這個，早坂同學妳有點太大膽了。現在可是還有學生留在學校喔。」

「那我們就躲起來嘛。」

早坂同學牽著我來到教室最後方的窗邊，並拉開窗簾將我們兩個藏了進去。她的眼神變得沉醉，早已為下一步做好準備。

「桐島同學是最棒的。」

她一邊這麼說，一邊踮腳將嘴唇抵了上來。

「不，我才不是最棒——」

這是事實。

這是因為我雖然正在跟早坂同學接吻，嘴裡卻還留著橘同學的唾液。但是她卻毫無顧慮地將舌頭伸了進來。早坂同學的舌頭不僅濕潤且充滿厚重感，還十分熾熱。跟橘同學優雅細膩的舌頭觸感截然不同。

「其他男生實在是太差勁了，老是注意我的身體，還要我穿那種衣服。不過桐島同學不同，只有桐島同學不一樣。所以才是最棒的。」

「不，我也跟他們半斤八兩就是了。」

就算是現在，我也在拿橘同學和早坂同學做比較。早坂同學的身體十分柔軟，讓人想緊緊抱住。橘同學的身體則十分敏感，讓人想好好玩弄一番。

但早坂同學的想法跟我不同，情況就在彼此的誤會中急轉直下。

「不對，桐島同學不同，跟那些人不一樣。我知道其他男生是怎麼看待我的身體的。不過我既不會給他們看，也不會讓他們碰我。不過桐島同學就沒關係喔？我可以讓桐島同學看，也可以讓桐島同學摸。不，我希望你能看我、摸我。吶，桐島同學可以隨意處置我的身體喔，就算當成玩具我也完全不在意。吶，你可以像對待玩具一樣隨意處置我。」

早坂同學一邊這麼說，一邊開始脫下制服。

接著用如同喝醉的表情說著：

「……來做吧。」

「咦？」

制服外套和毛衣接連掉在地上。我別開視線，看著地上的衣物愣愣地問了句：「做什麼？」詢問她究竟有什麼打算，但早坂同學只是微微地露出笑容。

此時的早坂同學非常妖豔迷人。

「在這裡……做嘛。」

她將領結也扔到地上，眼前是胸口敞開的襯衫和裙子。

「吶，來摸我吧……」

在早坂同學的要求下，我敷衍似的抱住了她。但是——

「右手的手指，再往上移一點。」

我依照早坂同學的說法移動在她背上的右手，指尖隨即傳來了堅硬的布料和金屬的觸感。

「稍微移一下，就能輕鬆脫下來了。」

我聽話地從短衫上解開了扣環。

早坂同學扭動身體，一塊粉紅色的布料隨即從襯衫裡掉了出來。

是胸罩。

不對不對不對不對——

「稍、稍微等一下，早坂同學。有太多地方可以吐槽了！」

早坂同學陷得太深，已經失控了。

但是早坂同學完全不理會我說的話，抓住我的手就朝自己只剩一件襯衫的胸口伸了過去。早坂同學那失去束縛物的雙峰，比想像中更加雄偉。柔嫩的白色肌膚宛如少女一般，卻又非常煽情。

不過，就在這個時候。

走廊上傳來了數名男學生交談的聲音。

『早坂同學好像還在學校喔，啊，電燈關掉了，她應該還在學校的啊……』

『真的嗎？要是在的話就去跟她要通訊軟體的ＩＤ吧。』

『你乾脆跟她告白啦。』

並朝這裡走了過來。

老實說，我覺得幫大忙了。

「好了，早坂同學，快點穿上制服外套——」

我這麼說著，但是。

「要是桐島同學以外的男生全部死掉就好了。」

早坂同學的眼神變得冷淡，如同打從心底感到厭煩似的說著。

「老是在這種時候來礙事……」

這時候早坂同學表情像是想到什麼似的說了句「啊，對了」，並露出開朗的笑容。

「吶，桐島同學，就做給他們看吧。」

「什麼意思？」

「讓他們見證我們正在做的事情。」

早坂同學完全墮入了黑暗，變成了黑暗早坂同學。

「雖然我在這裡的事情已經被發現了，但只要躲在窗簾裡面，桐島同學就不會有事。」

「不是，這樣對早坂同學的傷害比較大吧。」

「無所謂，就讓他們知道吧，我就是這種女孩子。」

明明平時要是有人出現她就會恢復正常，但今天卻愈陷愈深，無法自拔。

「就讓他們擅自期待，擅自幻滅好了。」

男學生們聊著天走進了教室。

我立刻察覺到他們變得啞口無言。

見到窗簾裡有個像早坂同學的剪影正跟某個男人抱在一起，會這樣也是當然的。

而且腳邊還能看見制服外套、裙子，甚至是胸罩。

早坂同學微微一笑，將手搭在我的脖子後面。

「嗯……嗯……」

接著刻意發出聲音吻了上來，周圍的濕度逐漸增加。

因為不壓抑聲音，能明顯感覺出早坂同學自己也變得愈來愈興奮。

「吶，吸我的舌頭吧。」

我照辦之後，早坂同學隨即露出了蕩漾的表情扭動身子。

「啊，嗯嗯，好舒服喔……給我唾液……拜託你，給我……」

她踮起腳尖，用雙腿夾住我的腳貼了上來。

能聽見男學生吞嚥口水的聲音。

我的右手被她引導進白色的襯衫之中，伴隨著些許對未知的恐懼感，我摸到了她胸前的隆起。

比想像中更加柔軟，感受不到重量。形狀還會隨著我手的動作任意改變。濕潤的肌膚緊緊地吸附著我的手掌。

「啊，啊……那裡……這個……好棒。」

早坂同學似乎是吻不下去了，只是一味地扭動著身子。我也興奮了起來。並非是因為手上的觸感，而是對我稍微改變動作，臉頰就變得愈來愈紅的早坂同學感到興奮。

當我碰到那堅硬的突起時，她發出更加高亢的聲音緊緊抓住了我。

她的臉頰紅通通的，肌膚也充滿汗水，似乎連站都快站不穩了。

「剛剛的，好棒。再來……多來一點……這個好舒服……再來……」

早坂同學發出嬌膩的聲音，依然不斷向下沉淪。

在窗簾之中，早坂同學身上只有一件敞開的襯衫以及下半身的內褲，她的身體在月光照耀下顯得十分柔軟，緊接著——

「……這裡……還有這裡……總覺得……好奇怪喔……」

她用自己雙腿之間的縫隙擠壓著我的大腿，透過輕薄的內褲，我能感受到她身上的溫度。

此時男生們紛紛說著「不、不妙」，匆匆離開了現場。

「男生明明嘴上老是說著下流的話，但到了關鍵時刻就會逃走呢。可是桐島同學不一樣對吧，桐島同學是不同的，桐島同學——」

「不，就算是我也有點害怕了。」

聽我這麼說，早坂同學忽然露出了認真的表情。

「……為什麼？」

這短暫的停頓讓我有些害怕，她一改先前甜膩的神色，臉上變得面無表情。

但她立刻就「啊」了一聲，像是想到什麼似的露出非常開朗的表情。

「好開心！原來桐島同學有這麼替我著想啊！」

「咦？」

「說得也是呢。不該突然做這種事呢！因為我們還是高中生嘛，要是出了什麼事就慘了。桐島同學是連這種事情都會好好思考的男生呢。」

早坂同學變得情緒化，將帶著濕氣的整個身體用力貼了上來，並這麼說道。

「我下次會好好做準備，好讓我們能一直做到最後的。」

◇

早坂同學穿好制服回去之後，我和濱波一起鎖門離開了學校。

「學長，我們去一趟便利商店吧。」

因為濱波這麼說，我便和她一起去買東西吃。

我跟她在便利商店的停車場吃著買來的炸雞塊。

「桐島同學真不像話耶，快看膝蓋。」

「膝蓋？」

「好像沾到了什麼東西喔。」

「……有點濕掉了呢，是剛剛喝茶灑出來了嗎？」

我回想起早坂同學將她雙腿之間的縫隙貼上來這件事。

就大眾抱持的印象而言，這種行為是既下流又差勁的吧。

做人應該要清廉正直又美麗。

但因為我們的內心並不是世人觀感的投影，也有著赤裸裸的一面。

就算是清新純潔的早坂同學，也會產生想做那方面事情的心情。

只要坦率地面對自我，就會發現許多像那樣無法輕易概括的事物。

我往旁邊看了一眼。

這點濱波也是一樣。她是個追求時尚，活潑又認真的學妹，還很會吐槽。

不過，那只是我擅自對濱波抱持的印象，只是我希望她是這樣的人罷了。真正的濱波並非這麼簡單就能概括。

「我說濱波。」

我從一開始就發現了。

「可以請妳刪掉嗎？」

「刪掉什麼？」

「我跟橘同學接吻的照片。」

濱波注視著我的臉，接著將三塊左右的雞塊放進嘴裡，邊嚼邊說。

「那張照片要是讓大家知道的話，你會很困擾嗎？」

「非常困擾。」

「是嗎，原來那張照片那麼有用啊。」

「那樣的話——」濱波接著說道。

「就請說你喜歡我吧。」

第11話　欠踹的背影

濱波似乎不怎麼喜歡橘同學。

「就算長得好看，大家也太寵她了，一般女孩子要是擺出那麼冷淡的態度可是活不下去！會遭人冷落的！」

這是午休時間，在推理社社團教室發生的事。

我坐在沙發上，跟濱波一起吃著便當。

迫於威脅，我現在設定上喜歡濱波，所以才會做這種事。

「橘同學在一年級裡似乎也很受歡迎，我曾看到有人去跟她要電話。」

橘同學的性格不拘小節，所以會老實回答對方的問題。那個男生還高興到擺出了勝利姿勢。

「那傢伙是我們班上一個叫吉見的典型冒失鬼。是個以漫畫為契機開始打籃球的笨蛋。」

「不過長得挺帥的就是了。」

「咦，你擔心了嗎？」

「誰知道呢。」

聽我這麼說，濱波大大地嘆了口氣。

「橘同學到底好在哪裡啊，就算放學後特地跑到教室去看，也只看得到她化了女鬼妝扮的模樣不是嗎？都把整張臉遮起來了。」

「是因為光環效應吧。」

「你是指受歡迎的東西總是會更受歡迎的心理效果吧，別人想要的東西自己也會變得想要。」

「妳知道啊？」

「我可是會好好念書的類型。」

不僅熱門商品容易賣得更好，就算在戀愛上，一旦看到有人很受歡迎，任誰都會產生「那個人肯定很有魅力吧」的想法，進一步增加那個人受歡迎的程度。

「居然會被那種單純的心理效果給牽著鼻子走，男人還真是笨蛋呢。」

濱波這麼說著。

「桐島同學喜歡橘同學的哪一點呢？」

「這個嘛……」我稍微想了想之後開口。

「……大概是臉吧。」

「真老實耶！」

濱波簡短地吐了槽。

「雖然濱波妳好像不太喜歡橘同學，但就算做了這種事，橘同學也不會受到影響喔。」

總覺得就算我按照喜歡濱波的設定繼續生活，她眉頭也不會皺一下。

「是這樣嗎？你們可是那麼恩愛地接了吻耶？絕對會受到打擊的！我要讓橘同學受到打擊，挫挫她的銳氣！」

「妳說誰要讓誰受到打擊啊？」

「就是我，要讓妳受到打擊！呃，咦欸——！」

濱波發出了慘叫。

這是因為橘同學不知不覺地站在她背後的緣故。順帶一提，我坐著的位置其實有看到橘同學走進社團教室的身影。另外，濱波連反應都挺不錯的呢。

「橘同學，有什麼事嗎？」

「我只是來音樂教室拿樂譜而已，然後就聽到隔壁有聲音。」

橘同學反覆打量起濱波。

「司郎，你喜歡這女孩嗎？」

「看來我迷上濱波的傳聞已經傳開了呢。」

「真是的，司郎真是多情。」

說完這句話之後，橘同學起身準備離開社團教室。

「咦？妳就沒其他話好說了嗎？」

濱波顯得十分困惑。

「妳中意的男生，可是喜歡上其他女生了耶？」

「嗯，確實呢。」

「難道妳不喜歡桐島學長嗎？明明都是那種關係了？」

濱波舉起手機，畫面上是我跟橘同學接吻的照片。

「難道妳跟桐島學長只是玩玩的？那麼，這張照片要是被傳出去事情一定會更糟糕，妳的左擁右抱帝國也會在今天結束。」

「哦──」

橘同學先是探頭看著照片，隨後注視著濱波說道：

「司郎，這女孩是個大好人呢。」

「啥？」

濱波瞪大了眼睛。

表情像是在說：「我正在威脅妳耶？」

「拍得真是漂亮。我說，把這張照片傳給我吧，我要當成桌布。」

橘同學從濱波手上拿走手機，操作了起來。

「妳的名字是？」

「我叫濱波惠……」

「濱波學妹，可以請妳多拍幾張嗎？」

「拍？」

「我想要多幾張跟司郎合照的照片，不然我們現在接吻給妳看。」

「請問……妳在說什麼？」

「夏天的時候，某個女孩子向我炫耀了她接吻的畫面，所以我也產生了要在別人面前接吻的想法。濱波學妹，多拍幾張吧，我也想炫耀。」

橘同學語氣平淡地說著。

濱波表情僵硬地轉過頭來看著我。

「這裡是異世界嗎？」

看來陌生的倫理觀念對她造成了很大的衝擊。

「橘同學就是這種女孩子。」

「不是，桐島學長，你還是對她說一聲比較好喔，告訴她很多看法都不太對勁。」

我說了句「說得也是。」表示同意。

「橘同學，設成桌布會讓人很害羞，還是不要吧。」

「不是那個啦！那只是小事！你們不是講了一堆莫名其妙的詞彙嗎？像是被人炫耀接吻，或是想被拍照之類的！」

「是說既然這麼恩愛，那麼乾脆公開不就好了嗎？」濱波這麼說道。

「是桐島學長要求我刪掉照片，我才會把它用來威脅的，結果完全沒有效嘛！」

「不，有照片真的很讓人困擾。」

當我這麼說之後，橘同學接了下去。

「因為我有未婚夫。」

濱波聽完瞪大眼睛。

「……可以順便問一下是誰嗎？」

「柳瞬。」

濱波接著再度像個木製玩偶般慢慢地扭動脖子看向我。

「那個，我現在會在這裡，就是那個叫柳學長的人拜託我的。」

「妳不用說下去了。」

「不，我就是要說！」

在我迷上濱波的假情報傳開之後，柳學長立刻就展開了行動。

「突然有個帥哥跑進教室，居然是來找我的。」

雖然她不擅長應付帥哥，但由於柳學長十分溫柔就聊了起來。

「那個人一直都在誇獎桐島學長喔，還說學長是個好人，拜託我陪你一起吃午飯，所以我才會在這裡。而他的名字就叫柳瞬，那個人非常替桐島學長著想，簡直就像是當作自己的事情一樣。」

濱波來回看著我和橘同學的臉這麼說著。

「真是太可怕了，你們兩個！」

「司郎，濱波學妹真是個活潑有趣的人呢。」

「對吧？」

「請不要裝傻！」

濱波氣喘吁吁地說著，看來她的體力也快用完了。

橘同學見狀聳了聳肩。

「就是因為這樣，無論司郎和其他女孩子做了什麼，我都不打算責備他。」

「因為這是段沒有結果的戀情。」橘同學說著。

「是只在高中期間存在的關係，畢業之後我就要和未婚夫結婚。不會留下任何痕跡。只是在長大之後，會記得曾經有過這麼一段罷了。」

「只要現在能夠心意相通，無論是什麼形式都無所謂。」橘同學如此說道。

「畢竟我就像個幽靈一樣。」

原來她是這麼想的嗎，我這麼想著。

「不過，這樣並不壞。」

橘同學用平靜的語氣繼續開口。

「在司郎心中我永遠都是十幾歲，能一直保持漂亮的模樣。要是能留下美好的回憶，也就夠了。」

「不過謝謝妳。」橘同學一臉滿足地向濱波舉起手機。

「我沒想過要拍照，所以能留下照片我很開心。雖然總有一天會刪掉，但在那之前我應該會反覆回味。」

「再見了。」橘同學這麼說完就走出了社團教室。

她離開之後，只留下宛如森林深處湖泊般的寂靜。

我們再次默默地吃起便當，直到剛剛都很活潑的濱波現在也露出了十分複雜的表情。即使吃完便當放下筷子，她的表情也依然不變。

「橘學姊她……感覺有點虛幻呢。」

濱波無精打采地說著。

「總覺得連我都難過了起來。」

她欲言又止地看著腳尖，接著按住了自己的胸口。

「一想到橘學姊的心情，就覺得有點難受，感覺非常悲傷。啊，不是，我一點都不打算當橘學姊的同伴喔。我的心情還是跟當初一樣，要讓她受到打擊——」

「有件事我忘了說。」

「咿！」

濱波驚訝地叫了出來。

這是因為橘同學無聲無息地走了回來，她完全是在戲弄濱波。

「這是忠告。濱波學妹，妳應該不是真的想讓司郎喜歡上自己吧？我不知道妳為什麼要這麼做，但我不認為這是個好方法喔。」

「因為並不是所有女孩子都跟我一樣。」橘同學這麼說著。

「有的女孩子會很在意這種事，要是遇到可怕的事我也不管喔。」

拋下這句話之後，她這次真的離開了社團教室。

「這是什麼意思？」

「誰知道？」

我繼續裝傻。

但就在幾分鐘之後，濱波就明白了她話中的涵義。

「桐島同學喜歡的，就是那女孩嗎？」

早坂同學走進了社團教室，看了濱波一眼說道。

隨後露出有如天使般，但又像是營業式的笑容這麼說著。

「吶，桐島同學……我排第幾名？」

◇

桐島司郎喜歡濱波惠。

雖然不清楚她是基於什麼意圖才想讓我配合這種設定，不過這下子對我來說正好。

「我還以為桐島你喜歡小早坂呢。」

當捏造的謠言傳開之後，學長立刻就打了電話給我。

「你看嘛，小早坂長得那麼可愛。」

「學長，原來你覺得早坂同學很可愛啊。」

「嗯，那當然啊……」

柳學長的語氣瞬間變得有些害羞。

「我是刻意讓自己別那麼想的。」

「學長是在顧慮我吧？」

「畢竟要是妨礙你們也不好。」

「你想太多了，更何況我對早坂同學也沒有抱持戀愛感情。」

我說了這樣的謊。

「所以就請學長依照自己的想法，好好地面對早坂同學吧。要是覺得她很可愛，我認為直接當面告訴她會比較好喔。」

柳學長為了顧慮我，刻意不把早坂同學當成異性來看待。

將早坂同學貼上了『學弟有意思的女孩子』這種標籤來疏遠她。

不過一旦知道事情並非如此，那標籤就會被撕下，柳學長將意識到早坂同學身為異性的一面。

這點從學長說早坂同學『可愛』就能看出來。

「這是為了改變學長想法而演的戲。」

我這麼對早坂同學說明。

「是嗎。也就是說，桐島同學並不是真心喜歡濱波學妹嘍？」

「那當然。」

社團教室的話題還在繼續。

早坂同學在橘同學離開之後立刻走了進來，這是在她說出『我排第幾名？』之後的事。

聽完我的說明，早坂同學氣勢洶洶的壓迫感才終於稍微緩和了一些。

「那麼，濱波學妹應該知道桐島同學不是真心的，而只是在演戲了吧？」

「是的！那當然！只是在演戲！」

濱波因為眼前的狀況如坐針氈。

「是嗎是嗎！」

早坂同學像是個溫柔的學姊一樣，握住了濱波的雙手。

「謝謝妳喔，願意幫我們的忙。」

「咦、啊，是。」

「總覺得好開心喔。到目前為止，我跟桐島同學的關係都沒有其他人知道。不過我一直都想跟其他人說，說自己有桐島同學這個最棒的男朋友。畢竟就算是備胎，我們也是一對正經的男女朋友嘛。」

接著獨自說著「怎麼辦啊，說這種話會不會太有女朋友架子了，不對，我真的是他的女朋友嘛。」糾結了一會兒之後，她再次對濱波說：

「桐島同學的事，接下來也請多指教了！雖然他看起來或許很靠不住，但到了關鍵時候是很可靠的。」

「我說出來了～！」早坂同學一邊這麼說，一邊紅著臉跑出了社團教室。

走廊上還能聽到她說出「在學妹面前擺出女朋友架子了～」這樣的話。

接下來──

早坂同學離開之後，濱波同學瞇起眼睛盯著我看。

「請問，這是怎麼回事？我不明白耶……你不是只跟有未婚夫的橘學姊接吻而已嗎？為什麼早坂學姊會冒出來啊？甚至還冒出了備胎這個很危險的詞彙！」

「那個啊——」

我向她說明了自己和早坂同學和橘同學，以及柳學長的關係。

「瘋了！」

聽完之後，濱波瞪大眼睛大叫著。

「嚇死人了！你在搞什麼啊？是說你為什麼要把這些事告訴我啊？」

「就是希望有人能聽我說……」

「我不是神父，別找我懺悔啦！就算跟我說也得不到原諒的！」

「濱波覺得我該怎麼辦才好？」

「沒轍了吧。因為早坂學姊已經徹底把桐島同學當成第一順位的男友了啊！」

「妳果然也這麼想嗎？」

「追柳學長只是她的藉口，非常明顯！早坂學姊的行為已經百分之百把自己當成女友了。要是她知道桐島學長和橘學姊在私底下接吻的話，那個瞬間地獄就要開始了！」

這時候濱波忽然瞪大雙眼。

「難不成你打算就這樣瞞到畢業嗎？利用橘學姊的那種心情，一邊跟早坂學姊交往，在柳學長面前當個好學弟，一邊跟橘學姊談一場有期限的戀愛嗎？咦，你認真的？腦袋沒問題吧？」

「不行嗎？」

「情況一觸即發了耶！竟然想抱著這種炸彈度過高中生活，實在難以置信！請不要把我們讀書的地方變成火藥庫！這已經是戀愛的巴爾幹半島了！」

濱波嘴上開始不停地說著「好可怕好可怕」。

「我對自己抱著隨便的心情拍下接吻場景，還用來威脅的事向學長道歉。」

「是無所謂啦，畢竟我隱約看得出來濱波不是個壞傢伙。」

「感覺都被學長看穿了呢。不過，學長不用再陪我演下去了。這是我無法踏入的世界，完全應付不來。要是早知道這樣我就不會跟這件事扯上關係，所以我不會再跟學長有所牽扯了。」

「不要說這麼見外的話嘛。」

「就算你這麼說也不行，我不擅長應付不健全的關係。請你小心不要被早坂學姊給拿刀捅了，再見。」

她說完便走出了社團教室。

說是不想被捲進我們的人際關係，所以無論如何都不想跟我有牽扯。

但是——

「為什麼啊！」

濱波發出了慘叫。

這是在過了幾天之後的午休，再次在社團教室發生的事。

不光是我跟濱波而已，橘同學、早坂同學和柳學長所有人都齊聚一堂。

◇

「為什麼是這些成員啊？」
「只能說發生了很多事吧。」
事情的起因是文化祭執行委員長的一句話。
『桐島和濱波，請你們幫忙想十個契合度測驗的題目。』
我們被分配到了最佳情侶競賽的一部分內容。
於是我和濱波一起設計了幾個問題，但畢竟不能直接拿去用，所以便決定做個預演。
而到了預演當天的午休，為了測試題目來到推理社教室集合的人選——
就是橘同學、早坂同學、柳學長，再加上我跟濱波。
我們將椅子排好圍成圓形。
「簡直就是地獄……」
「沒辦法吧。」
其實原本是找了牧和早坂的朋友酒井。但他們臨時有事擅自找了人頂替，結果就是現在這樣。
「知道了啦。既然事情變成這樣也只能認了。不過這是怎麼回事啊？有不是人類的東西混了進來耶，亂七八糟！」
濱波指著的方向是一尊巨大的熊布偶裝。

是早坂同學。

她正從布偶裝裡發出了含糊不清的聲音。

「根本聽不懂妳在說什麼耶！」

於是布偶裝拿起掛在脖子上的白板，用筆在上面寫起字來。

『抱歉抱歉，因為直到剛剛都在試穿服裝。』

「為什麼要用寫字的？」

『因為這件布偶裝沒辦法發出聲音。當天我也要穿著這個接待客人喔～』

「請妳立刻脫掉！」

聽她這麼說，早坂同學脫下了巨大的熊頭套。她的瀏海因為流汗貼在了額頭上，身上依然穿著布偶裝，看起來有些可愛。

「還有！那邊的為什麼要維持鬼屋角色的打扮來參加啊！」

打扮成鬼魂的橘同學坐在我旁邊。

「臉都因為頭髮看不清楚了！」

「這樣就行了嗎？」

「露出來的臉還是很可怕，請妳去卸妝！我不擅長應付恐怖的東西！」

早坂同學將卸妝巾遞了過去，橘同學接過後擦起臉來。

「契合度測驗感覺很有趣耶。」

當柳學長這麼說完，濱波突然按住胸口低下了頭。

「笑容好清爽！但不知道為什麼我胸口好難受！」

雖然這麼說，她還是好好地準備了作答板跟奇異筆。

活動流程是由濱波出題，其他四個人來進行回答。

當準備開始的時候，濱波悄悄地對我說著：

「雖然已經走到這一步了，但真的要做嗎？」

「有什麼問題嗎？」

「這可是契合度測驗喔？」

「而且成員還是這些人喔？」濱波看了一眼在場的人這麼說著。

「根本到處都是地雷耶！」

「可是離正式開始也沒多少時間了，還是測試一次比較好吧？」

「要是引爆了該怎麼辦啊？」濱波沒有自信地說著，我能理解她的擔憂。

「放心，交給我吧。」

「真的可以嗎，嗚嗚嗚……」

濱波一開始還在猶豫，但最後還是用自暴自棄的口吻說了：「發生什麼事我可不管喔！」

「那麼，契合度測驗現在開始！」

◇

「現在是契合度測驗的環節～～～！咚咚啪啪～～～！」

濱波用情緒高亢的感覺唸起題目：

「狗跟貓，喜歡哪一邊？」

正式比賽是打算讓回答相同的情侶加分，但現在只是在測試問題，我們並未分組，而是由四人各自做出回答。

我們用手上的作答板寫上回答，並一起揭曉答案。

早坂同學和柳學長是貓，我和橘同學則是狗。

「接下來是第二題！海跟山，夏天比較想去哪邊？」

早坂同學和柳學長回答海，我跟橘同學是山。

「呃、這個，嗯……咳咳！接著是第三題！『香菇山』和『竹筍村』！」（註：兩者皆是日本明治著名的巧克力商品，各有支持者，網路人氣投票等活動甚至會被稱作派系鬥爭。）

原以為不會那麼巧，但這一題仍然漂亮地分成早坂同學和柳學長一組，我和橘同學另一組。

柳學長稍微露出苦笑，早坂同學的臉上則是佯裝出笑容。

濱波輕輕地用手刀在我腰際敲了一下，小聲地說道：

「不覺得很不妙嗎？」

「交給我吧，我早就料到會發生這種事了，我有個好方法。」

「那就拜託你嘍。」濱波這麼說完，開始念起下一道題目。

「JUMP跟MAGAZING，喜歡哪邊？」（註：兩者都是日本著名的週刊漫畫雜誌。）

學長寫了MAGAZING，早坂同學則是JUMP，因為在這個時間點剛剛的組合就已經分開，這次可以放心了。但我還是多買了一層保險。

「桐島學長呢？」

我將作答板翻開，上面寫著——

SPIRITS。（註：SPIRITS是小學館旗下的冷門雜誌。）

「這是二選一的問題！而且明明是要選集英社或講談社，沒想到你挑了小學館！而且還不是SUNDAY！」（註：SUNDAY是小學館旗下的漫畫雜誌。）

就算濱波開口吐槽，學長仍擺出一副「幹得好」的表情。

會讓這場契合度測驗氣氛變糟的情況，莫過於我和橘同學的回答總是一樣。

但是我只要回答並非二選一的答案，就不可能再一致。

雖然原本是這麼想的——

「橘學姊的答案呢？」

「我也是那個。」

橘同學寫的是——

SPIRITS。

「這是怎麼回事？竟然在這裡答案也能一樣，是怎麼回事啊！」

「如果問我要選JUMP還是MAGAZING，我就會選SPIRITS。」

「是二選一耶！」

這下就算是柳學長也尷尬了起來。不過畢竟未婚妻跟自己的答案完全對不上，學弟的答案還跟那個未婚妻女孩完全一樣，會這樣也是當然的。

即使如此，因為柳學長的心胸寬廣，所以還是溫柔地笑著說：

「小光跟桐島興趣很相近呢。」

「是因為都是推理社的嗎？我們經常聊天。」

我找了個牽強的藉口。

橘同學也在隔了一段時間之後開口：

「不過共通的——也只有興趣而已，真的。」

或許是發現讓未婚妻操了心，柳學長露出了歉疚的表情。

「不、別在意，沒關係啦！看到桐島和小光感情很好，我也很高興。」

「不過啊——」學長繼續說著：

「這個是情侶競賽的題目吧？多一點跟戀愛相關的問題比較好吧？畢竟會有觀眾，我認為這麼做觀眾也會比較開心。」

柳學長有在仔細替我們思考，他果然是個好人。

「姑且也有準備戀愛相關的問題啦。」

「來測那個吧。」

早坂同學這麼說著，她的臉上依然掛著營業用的笑容。

「可以嗎？」

濱波露出一副像是在說「要說的話我是在顧慮妳耶！」的表情。

但是。

「就算測興趣的契合度也沒什麼用嘛，來測試戀愛的契合度吧。剛剛的不算。」

「我、我明白了……」

敗給早坂同學的壓力，濱波再次唸起問題：

「聖誕節跟情人會怎麼過？是去公園看燈飾，還是在家耍廢？」

結果——

早坂同學和柳學長選了燈飾，橘同學跟我則是在家耍廢。

這是為什麼啊，我跟橘同學的答案一模一樣。雖然我們原本就有這種傾向，也有聽深夜電台和推理等許多共同興趣，但沒想到會到這種地步——

至此氣氛徹底有了變化。

早坂同學的眉毛正微微地抽搐著，柳學長的答案也一直跟未婚妻不同，實在讓人很尷尬。

「桐島學長……還是到此告一段落比較好吧……」

濱波給了我一個白眼。

「說得也是，差不多該……」

但是。

「你們在聊什麼呢？濱波學妹，繼續出題吧。」

被眼神空洞的早坂同學這麼要求，濱波只能「好、好的！」連忙做出回應。

但是在這之後情況依然沒有任何變化。

約會時，早坂同學和柳學長想看戀愛電影，我跟橘同學選了好萊塢大作。

旅行時，想出國的人是早坂同學和柳學長，我跟橘同學是溫泉旅館。

寂寞的時候，早坂同學和柳學長會按耐不住想見面的心情，我跟橘同學則做出了不必特別前去見面的答案。

早坂同學開始喃喃自語地說著「怎麼會……好過分喔。」，柳學長也變得愈來愈無精打采。

「那個，難不成桐島學長……」

濱波忍不住開了口。

「是在故意挑釁？」

「我個性才沒這麼惡劣！」

濱波最後放棄了二選一，改成只提出問題，但是——

「當各位前往美術館約會，會想跟對象看什麼畫呢？這題沒有選項喔～請大家感情融洽地自由發揮吧～」

就算面對濱波自暴自棄的問題，我跟橘同學依然做出了相同的回答，就是蒙娜麗莎。

「桐島學長，你是故意的吧？絕對是故意的吧？」

「才沒有。既沒有策畫什麼，也沒有事先商量好。」

早坂同學快要哭出來似的顫抖著。原本她要是跟第一順位對象的柳學長有這麼多答案相同，應該會非常高興，但她現在完全沒那個心情。

於是看不下去的我開了口。

「我認為就算不一樣也無所謂。」

「咦？」

「或許只有興趣不同的兩人成為情侶，才能像拼圖一樣完美契合也說不定，我認為這樣才能夠互相補充不足的地方。但要是興趣完全相同，就無法繼續發展了。」

「桐島同學……」

人究竟是該跟有著相同價值觀的人交往，還是該跟不同價值觀的人交往，這恐怕是個永遠無解的問題。

我現在只提出了其中一邊的觀點。

早坂同學的表情變得開朗了一些。

柳學長也說了句「說得也是」恢復了精神。

橘同學則是挑起一邊的眉頭看著我。

「那麼，接下來是最後一題，這次也請各位自由回答。」

濱波開始進行收尾。

「想跟情人一起吃的點心是？」

結果——

有人回答KitKat，有人回答白色戀人，四個人的答案都不一樣。

這就好比人際關係破裂之後，各自走上不同道路迎向結局的青春電影一樣，是個不錯的收尾。

鐘聲也在這時候剛好響起，大家開始收拾，情況可說是皆大歡喜。

在大家依序離開社團教室，最後只剩下我和橘同學的時候，事情發生了。

「最後一題，你在我寫完之後重寫了答案對吧？」

橘同學看著我拿在手上的作答板這麼說。

「讓我看看你一開始寫了什麼。」

「我沒有重寫過，所以沒有那種東西。」

「那就讓我看你的作答板。」

「不行。」

「我會自己拿來看所以無所謂。」

橘同學說完就打算搶走我的作答板，我便加以抵抗。

其實一開始我寫的是pocky巧克力棒，但因為看到橘同學也寫這個，我在千鈞一髮之際改成了固力果bisco。考慮到早坂同學和柳學長的心情，還是要避免答案相同。

不過橘同學發現了這件事，因此有點生氣。

「夠了，快點讓我看，司郎。」

「不行就是不行。」

「而且，剛剛你說的話是什麼意思，什麼叫做價值觀相同的人無法繼續發展？」

「那個是……」

「無論是興趣還是其他事情，肯定都是價值觀相同的人比較合得來吧？」

我們緊握住彼此的手腕，彼此僵持不下。

但是爭到一半就察覺到房間的氣氛凝固，早坂同學和柳同學，還有濱波三個人站在門口，他們大概是看我們遲遲沒離開教室才折回來確認情況的吧。

「小光？」

柳學長露出震驚的表情看著我們說，他的視線集中在橘同學抓著我手腕的那隻手上。

「妳不是不能跟男人接觸嗎……」

一旁的早坂同學則是面無表情地，自言自語地開了口：

「司郎…………是什麼意思？」

◇

橘同學不能跟男人接觸是出了名的。

但是，早坂同學和柳學長卻見到了她跟我抓著彼此的光景。

社團教室的氣氛會凍結也是當然的。

察覺到修羅場氣息的濱波抱住了自己的頭。

「我不認為社長是男人，所以能碰他。」

橘同學表情認真，若無其事說出這種話。

一陣短暫的沉默過後。

「是嗎，是這樣啊。」

說話的人是柳學長，他的臉上已不見原本的微笑。

「桐島跟小光能打成一片，我很開心喔。畢竟之前小光在學校好像沒有熟識的人，桐島，接下來也拜託你了。」

「啊，好的……」

「那麼我先走了，下一堂是體育課。」

學長說完之後就快步離開了社團教室。

他很明顯地感到困惑，但還是勉強擠出笑容講了這種話，這就是柳學長。我在心中向他道了歉。

胸口懷抱著些許刺痛，我原以為事情會就此結束，但是——

「桐島同學和濱波學妹，你們可以出去一下嗎？」

早坂同學這麼說著。

「我想跟橘同學單獨聊聊。」

「可是……」

「稍微聊點女生話題。」

真的不要緊嗎？

但在早坂同學不由分說施加的壓力下，我跟濱波乖乖地離開了社團教室。

當門關上之後，濱波突然壓低了姿勢。

「怎麼了？」

「噓——！我的內心命令我必須聽她們在說些什麼！」

於是，我跟濱波就在社團教室前豎起耳朵聆聽。

門的另一邊傳來了早坂同學和橘同學的說話聲。

「抱歉喔橘同學，把妳留下來了。」

「無所謂，下一堂課我也不想去上。」

雖然語氣十分平穩，但卻能感受到針鋒相對的氛圍。

「這麼問可能很奇怪，那個……」

「妳是指我能碰司郎的事吧。」

停了一會兒之後，早坂同學「嗯」了一聲。

「橘同學是不能接觸男性的對吧……」

「是啊。」

「妳明明已經有未婚夫，也不讓未婚夫碰，卻能觸碰桐島同學呢……剛剛的柳學長看起來非常可憐。橘同學，我認為這樣不太好……」

現場再次陷入了沉默。

「正如我剛剛說的。」

橘同學開了口：

「我不覺得司郎是男人，所以才能碰他。我對司郎沒有那種感覺。」

「『司郎』這種稱呼方式……」

「刺激到妳了嗎？但是，早坂同學跟司郎是在『練習』不是嗎？」

氣氛就像碎掉的玻璃一樣尖銳。

她們像是要進行暑假集訓的延長賽一樣，針對那方面的事情爭論不休。

早坂同學也徹底發了火，所以說出了那件事。

「我跟桐島同學做了喔。」

「做了什麼？」

「我想這方面橘同學還不懂。桐島同學跟我做了沒跟其他女生做過的行為，我也讓桐島同學做了不會讓其他男生做的事。」

因為濱波一臉震驚地看了過來，我們用眼神開始進行交流。

『你們做了嗎？不，已經做了吧，這個感覺完全就是做了對吧！』

『才沒做啦！離那一步還差得遠呢！』

我只是碰了她的身體而已，雖然狀況非常不健全就是了。

「哼嗯。雖然不太懂，但早坂同學妳不是有其他喜歡的人嗎？」

「不過，我還是跟桐島同學做了。接下來會做更多次，應該可以吧？」

「我認為妳沒必要問我。」

「說得也是呢。畢竟橘同學不懂有未婚夫，也不把桐島同學當成男生嘛。所以無論我跟桐島同學做什麼都可以吧？」

「可以啊。」

「太好了，我還以為橘同學喜歡上了桐島同學呢。」

「那是誤會。」

「是嗎。既然如此，我們就能繼續當朋友了。」

「的確是呢。」

「雖然夏天發生了許多事感覺有點怪怪的，但我非常高興能和橘同學成為朋友喔。」

「要是喜歡上同一個人的話很難這麼做，但既然不同就沒關係對吧。」早坂同學這麼說著。

「是啊。」

「這樣的話，下次一起過夜吧。我想跟橘同學聊整晚戀愛之類的話題。」

「感覺會很開心呢。」

「太好了。」

「那麼我差不多該回去了。」早坂同學說完就走出了社團教室。

我跟濱波連忙走進隔壁的舊音樂教室，背對門蹲了下來。

早坂同學在來到走廊的瞬間便開始吸起鼻子。

「我真是差勁……」

她一邊這麼說，腳步聲一邊離開了現場。

「感覺剛剛火花四濺呢。」

濱波這麼說著。

「因為橘學姊中途收手開始忍耐，情況才沒有失控。」

她默默地拿出手機，將我跟橘同學接吻的照片顯示在畫面上。

「這張照片我會刪掉，因為要是被誰看到就慘了。」

「可以嗎？」

「當然。只要看到這個再想到橘學姊的心情，就會覺得有點哀傷。她大概是為了守護這段有期限的戀情，才沒有回嘴的吧。」

「妳會威脅我，應該是有事情想拜託我去做吧。」

濱波嘆了口氣。

「全部都被學長看穿了呢。」

「算是吧。」我這麼說著。

「妳喜歡他吧？那個叫做吉見的男同學。」

就是那個打算追橘同學的帥哥一年級籃球社員。

濱波停頓了一下之後點了點頭。

「我想要是知道橘學姊有男朋友，吉見也會放棄吧。」

「然後就在遊樂園碰巧看到了我們。」

「是的。當時橘學姊打扮得比平時還要漂亮，讓我看出『啊，這是在約會吧』，於是就跟著你們拍了照片……」

但她卻沒能將照片散播出去，因為濱波是個正直的女孩子。

「濱波會做出我喜歡上妳的設定，是打算利用光環效應吧。」

「我以為只要把自己假裝成是個跟橘學姊一樣受歡迎的女孩子，他或許就會注意到我。畢竟我長得既不出眾，也不會說甜言蜜語。」

「但是我不夠格當成裝飾品吧。」

「是的，我失敗了。」

「不必講得這麼明確吧。」

「已經夠了，這種方式果然不適合我。我只是因為喜歡吉見的心情失控，才會有這種不擇手段的想法。」

濱波跟吉見同學是青梅竹馬，濱波似乎一直關照著做事冒失的他。不過吉見卻迷上了比自己高一年級的橘同學。從學弟妹的角度來看，應該會覺得橘同學這種文靜的美女富有神祕感，十分具有魅力吧。

「我是想稍微幫點忙啦。」

聽我這麼說，濱波抱著膝蓋坐在地上低著頭，遮住表情之後開了口：

「那就拜託你一件事，請不要讓橘學姊擔任密室逃脫遊戲的獎品。」

「妳是指她會跟最快逃脫的人一起參加最佳情侶競賽的事情吧。」

「是的。吉見那傢伙非常有幹勁。要是他真的跟橘學姊一起參加的話……畢竟還有結婚的迷信在……」

「知道了，我會跟橘同學說一聲。」

濱波在向我道歉之後，就一直低著頭。

我靜靜地守在一旁等著她打起精神。

最後她終於抬起頭來。

「不過桐島學長，你會不會太依賴橘學姊了？」

「妳怎麼會這麼想？」

「早坂學姊剛剛不是也對橘學姊炫耀了一番嗎？不過我想橘學姊是為了維持這份關係才沒有回嘴，實際上累積了不少壓力喔。」

「或許真的是這樣呢……」

就在這個時候。

社團教室的門打開，橘同學從裡面走了出來。

我跟濱波壓低氣息，等待橘同學離開。

但是她的腳步聲卻在舊音樂教室前停了下來。

正當我心想她怎麼還不離開的時候——

一陣衝擊從背上傳來。

橘同學朝我倚靠著的音樂教室大門踹了一腳。

第12話 應用篇

隨著門鈴響起，我走向玄關。

一打開門，眼前是露出嚴肅表情的橘同學。

「妳沒穿制服啊。」

「我回家過一趟。」

她穿著高級的襯衫搭配淡紅色的開襟毛衣，再加上米黃色的裙子。

橘同學出現在家裡的玄關，總覺得很不可思議。感覺就像公主殿下來到平民家裡玩一樣。日常跟非日常的光景混雜在一起。

「司郎就是在這裡長大的呢。」

進入屋裡穿上拖鞋之後，橘同學害羞似的低頭這麼說著。

「這個，送給你家人的。」

她拿出一盒包裝優雅，看起來很昂貴的盒裝點心遞給了我。

「我媽跟我妹都出門了，之後我會交給她們。」

橘同學看起來對我家很感興趣。我家是一間老舊的獨棟，由於平時不怎麼整理，我連忙帶著橘同學上樓，把她帶進了自己的房間裡。

「沒有迷路嗎？」

「我會看地圖。」

「畢竟我們這裡跟橘同學住的地區不一樣，幾乎沒有經過社區規畫嘛。」

「我也很喜歡這種平民區。」

這是在契合度測驗過了幾天後的放學時發生的事。

在那之後，我跟橘同學在學校幾乎沒有來往。畢竟要是她碰我，或是叫我司郎的情況被人看見可就糟了。

在這個狀況下，今天早上橘同學傳了個訊息給我。

『接下來有補考，教我念書。』

從時間來看應該是小考吧，當我們商量要去哪裡念書的時候，橘同學提出了來我家的提議，於是事情就變成了這樣。

她大概只是想來我家而已吧，證據就是——

「橘同學，妳根本沒打算念書吧。」

等我去廚房泡好茶回到房間時，發現橘同學正躺在我床上。

「這裡就是你每天睡覺的地方啊。」

橘同學邊說邊將棉被捲到自己身上。

「有司郎的味道。」

「只有風倍清的味道吧。」（註：風倍清是日本的織物除菌消臭噴霧品牌。）

「司郎真是不解風情。」

橘同學一邊這麼說，一邊把臉埋進枕頭抱著吸了口氣。

真是隨性耶。

我回想起濱波說過的話。

『我認為橘同學應該忍了很久喔。』

契合度測驗結束後，早坂同學向她好好地炫耀了一番，所以她才會想來我家盡情撒嬌也說不定。不過——

橘同學毫無防備地躺在我的床上。

就算只是個戀愛新手，也應該對這方面多少有些自覺才對。

這幾乎算是在家約會了，而且還不會有任何人來打擾。要是看到她在那種地方做出那種行為，就算是我也會有那方面的想法。

正當我想多加觸碰她的時候。

「什麼聲音？」

橘同學這麼說著，走廊上傳來了刮門板的聲音。

我一打開門，一隻小狗衝了進來，是我家的柴犬。

「咦？好可愛！」

橘同學從床上起身。

柴犬跑進房間，打算直接撲到橘同學身上，我便雙手將牠抱了起來。看來牠似乎正因為見到不熟悉的客人而感到興奮，很開心地發出「汪汪」的叫聲並不停搖著尾巴。

「好了，小光，乖一點。」（註：小光的日文發音為「ひかり」，跟光里的日文發音相同。）

聽我這麼說，橘同學露出了疑惑的表情。

「小光？」

「是這隻狗的名字……」

沒錯，就跟橘同學的名字一樣。

「我是不在意啦……」

橘同學略顯困擾似的玩弄起頭髮。

「但就算不做這種事，只要是司郎的希望，什麼要求我都願意做就是了……」

「我覺得妳好像誤解了什麼耶。」

我並非是因為無法任意擺布橘同學，尋求慰藉才把狗取了相同的名字，藉由打牠屁股來滿足反常的癖好。還有，橘同學很乾脆地說出了不得了的話耶。

「取名的是我妹，牠的性別也是公的。我妹她似乎一直都想養狗。」

「是這樣啊。」

橘同學露出了彷彿在說「那還真無聊」的表情。

「因為這樣，照顧牠的人也是我妹。」

「看來司郎不肯搭理小光呢。」

「妳這說法怪怪的。」

橘同學似乎也很喜歡狗，沒多久就跟小光（狗）玩在了一起。

「小光，口水流太多了。」

聽我這麼說，橘同學「咦？咦？」地摸起自己的嘴角。

「喂，小光，別到處亂舔。」

「對不起……」

「小光，伸手。」

「好。」

「……妳是故意的吧。」

橘同學雖然一直在裝傻，但她似乎跟小光玩得很開心。她住的大樓好像沒有辦法養狗。

小光（狗）在玩了一會兒感到滿足之後，便搖著尾巴離開了房間。

性格陰晴不定這點有點像橘同學。

接著我跟橘同學並肩坐在床上。

「那麼。」

橘同學用平淡的語氣說著：

「司郎好像有事情想跟我說吧？」

直接切入了正題。

「什麼事都瞞不過橘同學呢。」

「因為你在學校就一直有話想說的樣子。」

「濱波她拜託了我。」

我先說出了這個前提。

「橘同學的班級，打算在文化祭上舉辦鬼屋的密室逃脫遊戲吧？」

「是啊。」

「第一名的獎品，是能跟橘同學一起參加最佳情侶競賽的權利對吧？」

「與其說是我，不如說是跟我扮演的女鬼，算是個宣傳。」

「雖然是這樣沒錯，不過可以請妳拒絕嗎？」

「為什麼濱波學妹要拜託這種事呢？」

我開始說明濱波的事。

濱波有個叫做吉見的青梅竹馬的事，她對吉見有好感的事，吉見迷上了橘同學的事，以及那個吉見打算在密室逃脫遊戲奪下第一名，跟橘同學一起參加最佳情侶競賽的事。

「我完全不認識那個叫吉田的就是了。」

「是個有點帥的籃球社員，橘同學還給了他聯絡方式。」

「我不記得了。」

接著橘同學暫時露出若有所思的表情後說道：

「總而言之，我拒絕。」

「剛剛某人好像說過會聽我的任何要求，是我的錯覺嗎？」

「拜託的方式不對。」

「那樣的話——」我想了一會兒之後開口：

「我不想看到橘同學跟我以外的男人參加最佳情侶競賽。」

「要是一開始就這麼說的話我會照辦，但已經來不及了。」

「真是壞心眼。」

「那麼我該怎麼做？」我這麼問著。

「我想玩應用篇。」

「應用篇？」

「筆記本上的那個，我們玩過基礎篇了吧？」

她指的是寫在推理社傳承下來的《戀愛筆記》上，能夠增進男女感情的遊戲。

以前我們玩過不用手遊戲的基礎篇，因為那個遊戲的緣故，我變得只要不是橘同學餵我，就吃不出巧克力棒的味道。

那個遊戲還存在應用篇。

「跟我玩那個的話，我就考慮一下。」

「該怎麼辦呢，畢竟要是玩那種遊戲，情況就容易變得很下流。」

我向她投以「就不能正常地接吻嗎？」的視線。

我們已經知道彼此的心意，不需要再拿遊戲當藉口了。

但是橘同學卻眼神冷淡地打了回票。

「不久之前，我被某個女生徹底地炫耀了一番呢。雖然不知道是指什麼，但她說自己跟司郎做了特別的事，所以我也不想那麼普通。」

她非常生氣呢，對象大概是讓她不得不忍耐的我吧。

我回想起被她隔著門踢的那一腳。

「司郎，你打算怎麼辦？」

「不，這種遊戲實在是……」

「好，算了。」

橘同學站了起來。

「明明跟早坂同學什麼都能做，但是我就不行呢。真令人難過……我回去了。」

她收拾好隨身物品，並打開房門打算直接離開。

換作平時，橘同學只會做做樣子。但這次她說要回去時的語氣在顫抖，表情看來隨時都會哭出來。

我胸口感到一陣刺痛，既然如此也沒辦法了。

「嘿等等！」

我雙手揹在身後，用腳關上了橘同學打開的門。

「……你願意跟我玩嗎？」

「是啊，所以別擺出那種表情了。」

「嗯。」

橘同學用手指抹過眼角，露出以往的冷豔笑容。

「作為交換，就請妳拒絕當獎品的要求嘍。」

「我知道啦。」

雖然橘同學恢復到平常的狀態，但她的情緒起伏比以往來得更為激烈。果然正如濱波所說，是因為忍得太多而變得神經質了也說不定。

所以這次我打算依照她的心願，盡全力玩一場不健全的遊戲。

「那麼就來玩吧。」

「嗯，試試看吧。」

不能用手的遊戲應用篇。

於是事情變成了這樣。

◇

不能用手的遊戲是收錄在《戀愛筆記》的其中一種愚蠢遊戲。規則十分簡單，就是男女雙方在不用手的情況下度過規定時間即可。

這麼一來就得在不用手的情況下做許多事，但由於能夠靈活運用的部位有限，因此很自然地會用到嘴巴。

在基礎篇時我們會用嘴叼住紙杯餵對方喝水，或是兩人一起吃一根巧克力棒。

應用篇也是相同的規則，不過追加了一個情境。

就是要盡可能地提高室溫。為此我將房間裡的暖氣溫度開到最高，甚至還放了暖爐。於是房間裡立刻就變得像夏天一般熾熱。

「我們每次做這種事，最後總是會因為害羞而放棄呢。」

「是啊。」

「這次就來一決勝負吧，先投降的人算輸。」

也就是膽小鬼比賽。為了獲勝，只能不停地踩油門，逼對手主動煞車。

「要是我贏了，妳就會拒絕當獎品吧？」

「就是這樣。」

「那好吧。」我這麼說完，在橘同學身邊坐了下來。

現場甚至還放了加濕器，整個房間像是三溫暖一樣。我全身汗流浹背，汗水不斷從太陽穴滑落，制服襯衫也貼在身上。

「司郎，你不熱嗎？」

「做到這種地步當然會熱。」

「我想把毛衣脫掉。」

沒錯，這就是應用篇。因為很熱，所以是以脫衣服為前提。

「了解。」

由於不能用手，我用嘴巴咬住了橘同學毛衣的衣領。

橘同學今天也擦了香水，是很罕見的微甜香氣。嘴上感覺到的毛衣材質十分柔軟，她真的是個如同公主一般的女孩子。

「怎麼了？」

「不，沒什麼。」

我一邊透過布料感受著橘同學身體纖細的觸感，一邊用嘴巴脫下她的毛衣。現在橘同學的身上只剩下白色襯衫和長裙。她現在也滿身大汗，襯衫緊貼著肌膚，黑色的女用背心若隱若現，看起來十分煽情。

「司郎也很熱吧？」

「是啊，我也想脫衣服。」

我打算讓她幫我脫掉制服外套，但是——

她嘴巴卻抵在我的喉嚨上，我嚇了一跳往後倒在床上。

橘同學趁勝追擊，順勢跨坐在我身上。

「等……橘同學？」

「我幫你解開領帶，你很熱吧？」

她這麼說完，用嘴巴開始解領結。頸部能感受到橘同學的氣息，垂下的柔順長髮搔弄著我的胸口，我忍不住扭動身體，但卻被她緊緊壓住，無法逃離。

「解開了。」

橘同學含著我的領帶，很開心似的說著。我的喉頭還殘留著她嘴唇的觸感，能感覺到留有些許唾液。

這個無法使用雙手的遊戲，對兩情相悅的我們來說有點不方便。明明想立刻抱住對方卻無法如願，不過這也導致我們的感情進一步升溫。

「接下來該我了。」

我使勁撐起身體，這次換成橘同學向後倒下。

因為她用大腿壓住我的身體，現在我呈現整個人擠進橘同學大腿之間的姿勢。

這個姿勢非常下流，不過——

橘同學即使露出了困擾的表情，依然在我腰後交叉雙腿。她的長裙已完全掀起，白皙的雙腿一覽無遺。

我們兩個已經完全打開開關，腦袋一片空白。

「橘同學，妳流汗了吧，我幫妳擦。」

我整個人壓在橘同學身上，湊近她的臉。

「咦？司郎？」

一道汗水劃過橘同學的太陽穴。

「手帕在桌上——慢著，騙人，該不會……討厭……」

我用舌頭——溫柔地舔去了她的汗水。下個瞬間，橘同學瞪大了眼睛，臉頰變得通紅。

「你、你認真的嗎？那可是汗耶！」

「然後呢？」

「居然說然後呢……」

「要投降嗎？」

聽我這麼問，橘同學即使陷入了混亂，仍然語無倫次地開了口：

「才、才不投降。隨便司郎……想怎麼做都行。」

「可以嗎？感覺妳好像很害羞。」

「沒事的。我、那個……有好好洗過澡……所以才不害羞呢。」

每當被這樣採取攻勢，橘同學就會變得很好搞定。她已經任我擺布，逐漸變得嬌嫩無力。

我依序開始舔起橘同學的汗水。

額頭、太陽穴、臉頰，接著是脖子。橘同學的肌膚既白皙又十分柔軟。

橘同學的頸項似乎特別敏感，每當被舔到就會渾身顫抖。就算想裝得面無表情，她的呼吸也愈來愈急促，雙腳將我當成支點使勁，挺起了自己的腰。

面對橘同學貼上來的腰，我用自己的腰頂了回去。彼此的身體緊貼在一塊，簡直就像是做那檔事的預演一樣。我的情緒變得愈來愈亢奮。

就算彼此的腰貼在一起，我依然不停舔著橘同學的汗水。

「啊……司郎，等等……啊……啊……」

「不行嗎？」

「也不是不行，啊……不可……以啦……這樣……我的腰，停不下來。」

當我大致上舔過一遍之後，橘同學早已喘不過氣來。

換作平時，遊戲應該會就此告一段落，但我已經決定要全力以赴。更重要的是這次是一場膽小鬼比賽，因此橘同學即使變得站都站不穩，也依然站了起來。

「真有膽呢。」

攻守互換，這次輪到她發起進攻了。

「司郎，幫你把襯衫的鈕釦也解開比較好吧？」

她一邊這麼說，一邊用嘴解開了我的鈕釦。並且還趁機舔了我幾下。

「橘同學，我還沒洗澡耶。」

「無所謂，畢竟我喜歡司郎。」

橘同學像是在模仿我一樣，用她那嬌小的嘴巴和舌頭舔起我的胸口和頸部。

每當脖子被舔過，背上就會竄起一股興奮的快感。橘同學帶著濕氣的呼吸拂過肌膚，感覺十分舒服。我當然也有被人舔去汗水的羞恥感，不過——

「你好像沒什麼反應呢。」

「因為原本就是我先開始的，早就做好覺悟了。」

橘同學看起來非常不滿。

「我也想讓司郎感到困擾。」

說完之後，橘同學用嘴唇抵住我的脖子，用力地吸了起來。頸部能感受到她濕潤的嘴唇和呼吸。她看起來雖然很難受，但卻遲遲不肯離開。

「喂，這個……」

不知道過了多久，橘同學才終於移開臉龐。即使氣喘吁吁，她的表情依然顯得十分滿足。

「完成了。」

「感覺像是怎樣？」

「像是在宣言司郎是我的東西。」

是吻痕，我的脖子上大概留下了代表橘同學好感的記號吧。

「這下你應該會覺得困擾了吧？」

「不過，這只要用ＯＫ繃就能遮住了。」

「如果我要你別遮起來呢？」

「那個嘛……」

「……算了也罷。」

聽見她吐露的些許真心話，讓我更加地對她著迷。

橘同學的表情有些落寞，長髮已經變得濕漉漉的。

「橘同學，妳滿身大汗呢。再這樣下去會脫水的。」

「司郎也一樣啊。」

我看向床邊的桌子。

桌上放著插好吸管的寶特瓶，是準備來補充水分的。

我們互看一眼點了點頭，對於早已失常的我們來說溝通是不需要話語的。

「司郎，你等一下喔。」

橘同學從瓶裡含了口水，接著身體壓在仰躺在床上的我身上，用薄嫩的嘴唇抵了上來，藉由橘同學的體溫而變得溫暖的水就這麼流進我嘴裡。

雙唇分開之後，唾液的絲線從我們嘴裡延伸了出來，因為我們兩情相悅，任何東西都能交換。

「橘同學也喝點水比較好。」

「司郎餵我喝，把司郎的水給我吧，我想喝司郎的水。」

我們就這麼用嘴餵對方喝水，由於身體彼此交疊，汗水混在一起，導致我們渾身上下都濕答答的。意識逐漸被慾望支配變得模糊，嘴裡滴落的水浸濕了躺在床上的橘同學胸口，我用嘴舔起那些水漬，她的襯衫已幾乎變得透明，裡面的內衣看得一清二楚。

「不過再這樣下去，這場遊戲分不出勝負呢。」

橘同學曾說過自己無論被我怎麼對待都很開心，看來她似乎沒有說謊，我們兩人正逐漸一起變得舒服。

「那樣的話。」

橘同學很害羞似的別過頭說。

「就請司郎就做些更厲害的事吧，會讓我害羞到忍不住投降的那種。」

「可以嗎？」

「嗯。」

我再次推倒了橘同學。

「橘同學，我幫妳把襯衫前面打開一點吧。」

「……可以喔，如果司郎想這麼做的話，我不介意。」

橘同學將臉埋進身旁的枕頭裡這麼說著。

我用嘴解開了橘同學襯衫的鈕釦。因為知道她穿著女用背心，我毫不客氣解開了襯衫所有的鈕釦並將其脫下，對此她一句話也沒有說。

她的裙子也不知在何時已經脫掉了。

現在橘同學身上只穿著女用背心、內衣褲和襪子，她那裸露在外，帶著濕氣的白皙肌膚充滿色氣。

我在衝動驅使之下沿著她的鎖骨舔了起來，她的肩膀十分漂亮。

無論我怎麼做，橘同學都沒有說出「住手」，側臉看起來甚至還有所期待，但這是個遊戲，我也有能讓她害羞的方法。

「把右手舉起來。」

「咦？」

橘同學很機靈，立刻就料到了我的想法。

「……你是在開玩笑吧？」

「要投降嗎？」

橘同學注視著我，說了句「壞心眼」之後把右手舉了起來。沒錯，就是這個。我就是想看她那一旦被人進攻就會變得柔弱，表情卻有些開心的模樣，想讓她更加害羞。

「這樣就……行了嗎？」

橘同學舉起了右手。

「真的要做嗎？」

我舔了舔她那白皙滑嫩的腋下當作回答。

「司郎你……真是個笨蛋。」

「我只是喜歡橘同學罷了。」

「我也是。」

被我壓住的橘同學一邊這麼說，身體一邊顫抖了一下。

「算了……任由司郎你處置吧。」

我繼續舔起橘同學的腋下。

「司郎……啊、啊……不行，身體……又擅自……不是，這樣……」

就跟之前一樣，橘同學雙腳交叉夾住了我，挺起腰部不斷掙扎。

她以往的冷漠態度不再，現在的橘同學只是個將臉埋在枕頭裡，眼眶泛淚並忍著害羞的女孩子。

「……被羞辱了。」

事情大致告一段落後，橘同學氣喘吁吁地說著。

「要投降嗎？」

「沒事……我還……撐得住……」

她依然在逞強。

這樣正好，我還想多看一點橘同學害羞的模樣。

「橘同學，妳臉好紅喔。」

「……只是很熱而已。」

「既然如此——」我這麼說道。

「要再脫一點嗎？」

橘同學低著頭，露出稚嫩的表情說：

「……要是司郎願意幫我脫的話……可以喔。」

◇

橘同學坐在床上，我則是跪坐在她面前。

應用篇的遊戲到了最後的局面。

雖然說是要脫，但已經幾乎沒有能脫的東西了。第一眼看到的，果然還是那件煽情的黑色內衣，不過我看上的是——

『橘同學，還是把襪子脫掉比較好吧？』

『咦，騙人……你認真的嗎？』

『要投降嗎？』

『……我脫。』

正因為這段對話，我現在才會跪在地上。

「那、那個。」

橘同學別開視線說：

「能不能讓我先幫司郎脫襪子呢，首先就由我……」

「不行，先從橘同學開始。」

「嗯……我知道了……」

雖然橘同學露出了鬧彆扭的表情，但依舊戰戰兢兢地朝我伸出了腳。

只要語氣強硬一點，橘同學真的就變得任我擺布，十分順從。

我用門牙咬住了橘同學白色襪子的前端。

「記得什麼話都別說喔。」

橘同學這麼說，我點了點頭。

「……快點動手啦。」

我慢吞吞地拉住襪子向外啦。

用嘴巴將她的襪子脫了下來。只聞得到柔軟劑的香味，不過被動的一方感覺會相當害羞。

橘同學忍著羞恥仰躺在床上，連耳根子都變得通紅。

我咬著襪子抬起頭，她白皙的大腿一覽無遺。位於深處的黑色內褲，顏色也因為被汗水或其他東西沾濕而有了改變。

「司郎……快點來嘛……」

橘同學已經不再是個冷漠的女孩子，由於被我欺負過頭，她腦袋變得無法好好運轉。

我還想多看一點態度變得傻呼呼的，如同少女般的她。

此時我終於脫掉了左腳上的襪子，不愧事先洗過澡，上面有一股沐浴乳的香氣。

「把另一隻腳給我。」

橘同學點點頭，我將臉靠近另一隻腳上的襪子。

慢慢地叼住將其脫掉。

此時我注意到她放鬆了戒心，所以——

「司郎、討厭，不行不行不行，不可以這樣！」

橘同學慌張了起來。

因為我開始舔起了她的腳趾。

「騙人、騙人騙人騙人騙人，慢著、不行了，這太害羞了真的不行了！」

我並未因此罷手，想看她更加慌亂，更加純真的模樣。

於是我含住她的大拇趾，仔細地舔過她腳趾的指縫。橘同學的雙腳既光滑又柔嫩，讓人覺得她真的是個不折不扣的大家閨秀。

「拜託，饒了我吧。算我輸，我認輸了嘛！」

橘同學投降了，但我仍繼續舔個不停。想讓她的肌膚產生褶皺。

我想多看一點她掙扎的模樣，多看她隱藏在平時冷漠表情底下的真正面貌。

懷著這種想法，我沿著大拇趾依序舔到小趾，反覆舔個不停。

「對不起、對不起、對不起。拜託，饒了我吧……」

真是可愛。

橘同學同時擁有著從容成熟，以及稚嫩少女的面貌。

「司郎，我、要死掉了。其他要我做什麼都可以，饒了我，拜託放過我，要死掉了啦。」

橘同學一邊不停地說著「要死掉了」，一邊用手摀著臉不斷扭動身子。

得意忘形的我依然舔個不停，不過——

「真是的～！司郎這個笨蛋！」

最後橘同學惱羞成怒，用另一隻腳猛然朝我胸口一踢。

看來是忍到極點了。

她皺著眉頭，臉上滿是怒火。

「打開嘴巴！漱口！」

橘同學一把抓起桌上的寶特瓶，粗魯地塞住了我的嘴。

「不准喝下去喔！」

接著把手伸進我嘴裡開始清洗，水不斷地從我嘴裡滴了下來，不過我們全身早已濕透，因此不怎麼在意。

這些事情姑且告一段落後，橘同學嘆了口氣。

她恢復了些許冷靜。

「司郎你喔，我是真的害羞得要死耶。」

「抱歉，玩過頭了。」

我們兩個回過神來癱坐在地上，剛剛徹底得意忘形了。

調整好呼吸的橘同學朝我湊了過來。

「……對不起踢了你。」

「不，會被踢是理所當然的。」

「沒有留下瘀青吧？」

橘同學掀起我的襯衫看著胸口。

這時候我們才發現彼此的衣服都敞開著，渾身還濕答答的。

也正因為思緒依然模糊，我們才會再度打開開關。

「吶，司郎。那個……該怎麼說呢，要不要再玩一次剛剛的遊戲？」

「說得也是，畢竟還得把汗擦掉。」

「這次就……也讓手能自由活動吧。」

「是啊。」

於是我們以現在的狀態抱在一起，感覺舒服得要命。

「司郎……」

「橘同學……」

橘同學濕透的模樣非常性感，她的表情看起來有些恍惚，全身放鬆了力道。

我緊緊抱住她，將舌頭伸進嘴裡互相舔舐，再去舔那些還沒下手過的地方吧。我抱著這種想法

抓住了橘同學的肩膀，就在這時──

「我回來了～」

房門突然打開。

轉頭一看，發現我妹正提著購物袋站在那裡，一隻不斷搖尾巴的狗（小光）也站在她腳邊。

「哥哥……？」

她先是來回看了我跟橘同學一眼，接著低下頭去。

「對不起打擾了，我會跟媽媽再出去一趟，兩小時之內不會回來，請兩位繼續。」

妹妹一邊說著「不可以看喔」一邊抱起柴犬小光，匆匆忙忙地離開了現場。

◇

外面天色已經暗了下來。

我跟橘同學走在前往車站的路上。

我們牽著彼此的手，就像一對真真正正百分之百的情侶。

「好像讓伯母和令妹費心了，真是不好意思。」

橘同學看著手上的紙袋這麼說。

「還收到了這麼多伴手禮。」

「別在意別在意，那都是些從附近鄰居或親戚那收到的東西。」

「要是沒有門禁，就能一起吃晚餐了說。」

「老媽她還想叫壽司呢……連我都不好意思了。」

「伯母是個好媽媽喔。」

在那之後，因為我帶了女孩子回家，老媽跟妹妹引起了軒然大波。

看到橘同學之後，老媽驚訝地說著「沒想到司郎竟然交了女朋友」，妹妹則是說出「還以為將來得由我來照顧哥哥呢」這種失禮的話。

老媽低下頭對橘同學說「我兒子就拜託妳了」，她則是「我才該這麼說」低頭回禮。

之後橘同學受到老媽跟妹妹的熱情招待，導致我獨自被晾在一旁。

接著因為太陽已經下山，我便像這樣送橘同學前往車站。

「令妹是國中生？」

「國二。」

「她邀請我下次一起去買衣服。」

妹妹她似乎很快就跟橘同學混熟了。

「伯母跟令妹都非常高興司郎能交到女朋友呢。」

說到這裡，橘同學低下頭去，用有些寂寞的語氣說著：

「但我明明不是正式的女朋友。」

我們走在商店街的拱廊上。

每當看見漢堡店或電子遊樂場，我就會不禁想像，要是我們是一對真正的情侶，放學後應該會來這種地方玩吧。

「謊稱自己是你的女朋友，對不起。」

「這不是橘同學該道歉的事。」

「已經有未婚夫了，對不起。」

「這也不是橘同學該道歉的事。」

「如果我真的是你的女朋友就好了。我好想跟司郎的妹妹一起出去玩，跟伯母一起站在廚房做菜。」

「橘同學……」

「這種想法不太好呢。」橘同學這麼說著。

之後她恢復了以往的撲克臉，使我無法看出她的想法。

「正式跟早坂同學交往吧，別再當練習男友了。」

接著突然這麼說。

「我想伯母和你妹也會很高興的，比起我這種假女友。」

「不，早坂同學還有其他喜歡的人。」

「雖然或許是這樣沒錯，但她非常喜歡司郎喔。甚至到了不顧周遭一切的程度。繼續讓她當練習女友，就太可憐了。」

「……橘同學覺得這樣就行了嗎？」

「………………………這樣就行了。」

「畢竟我能跟司郎在一起的時間只到高中畢業。」橘同學這麼說著。

於是到了車站，我們就此分開。

「再見。」

橘同學轉身朝著剪票口的方向走去，但並未隱沒在來往的人群中。即使身在疲勞困頓的夜晚車站中，她依然獨自散發著如同白花般的氛圍。更重要的是我並未跟丟橘同學，我想無論橘同學身在哪裡，我都能夠找到她。

我的視線始終盯著橘同學，她在最後轉頭對我說道：

「我當個會逐漸消失的女友就好，這樣就夠了。」

第13話 百分之百的女朋友

「準備工作大致上都已經結束，傳單也印好了，這下就能放心啦。」

濱波這麼說著。

這是在晚秋夜裡，回家路上發生的事。

「啊，去一趟便利商店吧，我請客。炸雞塊就行了吧？」

由於濱波這麼說，我們繞道前往便利商店。

並在店門口吃起了炸雞塊。

會在便利商店買來吃的東西因人而異，早坂同學大多是買肉包，而橘同學即使天冷也會吃冰。

「對了，桐島學長。請問，那件事情……」

「啊啊，是指那個吧，橘同學要當逃脫遊戲獎品的事。」

濱波忸忸怩怩地開口。

「是、是的。」

「橘同學說會拒絕喔。」

聽我這麼說，濱波露出鬆了口氣的表情。

「濱波也很像個女孩子呢。」

「那當然啊……畢竟雖然說是迷信，但獲勝的組合會結婚嘛……」

「妳很喜歡吉田學弟吧。」

「我自己也不太清楚，我最近才開始意識到這件事。原以為他只是個三分鐘熱度的傢伙……」

據說吉見學弟是因為小時候看的漫畫才開始打籃球的，不過打得似乎比想像中更認真，國中時還參加了全國大會。升上高中之後水準提高，導致他在替補席上苦苦掙扎，但他絲毫沒有氣餒，總是會在公園練習到很晚。

「卻有種……他很帥的想法……」

「可是……」濱波悲傷地說著：

「他卻在某天說自己喜歡上了橘學姊，明明小時候說過要讓我當新娘的……」

「別擔心，濱波的戀情一定會順利的。」

「你為什麼能這麼說。」

「因為橘同學說過，青梅竹馬是最強的。」

「……這麼說來，桐島學長和橘學姊從小就認識了呢。」

吃完炸雞塊之後，我們朝著車站的方向走去。

「總覺得橘學姊是個比預料中更溫柔的人呢，她是變了嗎？還是原本就是這樣？」

「誰知道，她的個性本來就難以捉摸，有陰晴不定的一面，還帶點藝術家氣質。」

順帶一提血型是AB型，還是個左撇子。

「該說是興趣意外地少女嗎，她有些地方像個小女生呢。」

濱波這麼說著。

「所以橘學姊這次其實也是在等桐島學長吧？」

「等我？」

「就是擔任逃脫遊戲的獎品啊。她應該是在期待桐島學長參加逃脫遊戲獲得第一名，好藉此跟學長你一起參加最佳情侶競賽吧？」

「不，但是這個……」

「嗯——當然這些全部都是我的猜測就是了。不過，學長還是別忘了她曾經隔著門踹你的事情比較好喔。」

我也很清楚橘同學有著情緒激動的一面。

「話雖如此，她還是比另一個人來得從容就是了。」

「早坂同學嗎……」

「全都是桐島學長你的錯喔。」

濱波接著說道。

「不是有種『人會想去追求難以得到的事物』的心理現象嗎？」

「是指虛榮效應吧。」

「從早坂學姊的角度來看，桐島學長的第一順位是橘學姊的狀況，就是會讓她一直想追你的情境啊。」

這樣虛榮效應的確會持續產生作用。

「那早坂學姊當然會變成病嬌嘛，畢竟在眾多心理學效果之中，虛榮效應也是屬於強勢的那邊。」

這點在心理學的實驗上也得到了證實。

我愈是表態自己喜歡橘同學，早坂同學大概就愈會對我窮追不捨。

「真不錯耶，能被那麼多人喜歡。」

濱波這麼對我說。

「我能不能也靠虛榮效應吸引吉見的注意力呢？」

「妳打算怎麼做？」

「這麼做怎麼樣？」

濱波挽住了我的手臂。

「不，這再怎麼說也行不通吧。在讓他想追妳之前，他就會以為濱波在跟我交往了。」

「說得也是。」

濱波一邊這麼說，卻依然挽著我的手臂貼了上來。

「唉～我好想這麼做喔。對象不是桐島學長，而是跟那個笨蛋吉見。」

「別拿我當練習對象。」

「反正對桐島學長來說，我也沒辦法當成練習對象吧？跟橘學姊或早坂學姊相比，我這種人不過是個小鬼。」

正當我們假裝成情侶，來到車站前廣場的時候。

或許是野性的直覺吧，我的背上竄起一股寒意，於是環顧四週——有個女孩子從長椅上站了起來，盯著我們的方向看。

是早坂同學。

只見她面無表情地看著我被濱波挽著的手臂，偏過頭這麼說著：

「吶，桐島同學。我是個沒人要的女孩子嗎？」

◇

「妳等多久了？」

「沒多久啦，就三個小時左右吧。」

早坂同學用真心覺得三個小時沒什麼的態度這麼說著，就算我露出困擾的表情，她也只是偏過頭去，擺出一副像是在說「為什麼？」的純真表情。

我們一同坐在車站前的長椅上。

原本挽著我手臂的濱波，則是向早坂同學拚命道歉之後跑掉了。

我在臨別之際對她說：「跟吉見學弟談戀愛時別要太多手段喔。」她聞言向我拋下一句：

「你、你、你沒資格這麼說！」這也是理所當然的。

「桐島同學，你不冷嗎？」

早坂同學一邊這麼說，一邊將自己脖子上的圍巾纏到我身上。

「不，早坂同學比較冷吧。」

一直等在長椅上的早坂同學臉頰已經泛白。

「妳只要用手機傳個訊息，我就會從執行委員那裡溜出來了。」

聽我這麼說，早坂同學回了句「沒關係」。

「因為我不想成為桐島同學的負擔嘛。」

總之我從自動販賣機那買了瓶熱紅茶遞給早坂同學。

早坂同學接過之後，看似很高興地用自己的雙手握住開始取暖。乍看之下，真的會讓人覺得她是個可愛的女孩子。

「嘿嘿，桐島同學人果然很好。」

「機會難得，要不要去哪間店坐一下？」

「不用，這樣就行了。」

早坂同學接著說：「我只是想久違地慢慢聊一下而已。」

「濱波學妹看起來很害怕呢。」

「是因為早坂同學面帶笑容威脅她的緣故吧。」

「我是不是做過頭了呢。區區挽個手臂，其實我不在意喔。完全，一點都不在意。畢竟我已經決定，要當個能容忍這種事情的好女友了。」

「是、是嗎……」

「而且，我也能和桐島同學以外的男人處得很好啊。」

「咦？」

「是柳學長。」

最近他們似乎經常連絡。

「真是太好了。」

「嗯，他甚至跟我聊過將來的出路之類的私人話題。」

「這麼說來，學長說過早坂同學很可愛呢。」

「太棒了！」

早坂同學握緊拳頭擺出勝利姿勢，但在做完之後，她又錯愕地看著我。

「對、對不起。我……不是的，不是那樣。桐島同學，不要討厭我……」

她的眼角突然泛起淚光，情緒果然很不穩定啊。

「沒關係啦。」我安慰著她說道。

「畢竟柳學長是妳第一順位的對象啊。」

「對喔，說得也是。不過現在見到桐島同學露出沮喪的表情，我很高興喔。」

她邊說邊挽住我的手臂，一股久違的，溫柔且柔軟的觸感從手上傳來。

「然後呢？妳跟柳學長進展很順利吧？」

「嗯，前陣子他還半夜突然打電話給我。」

「那還挺厲害的耶，不夠熟的話是做不出這種事的。」

「嗯，他好像有事要找我商量。」

「什麼事？」

「學長說自己看到了桐島同學和橘同學牽手走在路上。」

一陣冷風吹過。

距離我跟柳學長家最近的車站是同一個。橘同學來我家玩的那天，回家時我送她前去搭車，當時我們一直牽著彼此的手，應該是那時候看到的吧。

「應該是看錯了吧？」

早坂同學雙眼無神地詢問著。

令我忍不住回答「是、是啊……」撒了謊。

「我想也是。所以我告訴學長……說絕對是他看錯了。」

早坂同學這麼說著，她的瀏海下垂，使我難以分辨她的表情。

「因為桐島同學不可能做出那種事。不會在我還在努力的時候，做出那麼過分的事。桐島同學是不可能背叛我的，桐島同學、桐島同學、桐島同學。」

「慢著，早坂同學——」

「只要我讓學長喜歡上我，一切就會很順利。這麼一來桐島同學就不必背叛學長，我也能繼續跟橘同學做朋友。我啊，真的很喜歡橘同學，所以得快點追到學長。這麼一來，就不會有任何人壞掉了。」

早坂同學抓著我的手臂加大了力道，感覺有點痛。

「桐島同學，你應該願意等到我成功吧？不會成為壞人吧？嗯，不可能會那樣的，畢竟是桐島同學嘛，我相信你。」

早坂同學大概已經隱約察覺了。但因為不想相信，才會依賴著對我的幻想，逐漸瀕臨崩潰。由於實在看不下去，我便這麼說了出來：

「要是我……已經變成壞人了怎麼辦？」

就這樣把一切開誠布公，讓她對我感到失望也好。我是這麼想的。不過——

早坂同學的反應出乎了我的意料。

要是我變成壞人的話——

「那一定是我不好。嗯，現在我全部都明白了，錯在我身上。」

「咦？」

「正因為我不可靠，沒辦法滿足桐島同學，桐島同學才沒辦法好好等待。一切都是我不好。我是個差勁的女孩子……所以……只要我變成好女孩就行了。這麼一來桐島同學就會好好等著我，在我追到學長之前就不必背叛學長了。只要我能讓桐島同學滿足——一切都會很順利。」

早坂同學抬起頭，臉上表情可說是前所未有的開朗。

還用活潑的語氣對我說著「要等我喔」。

「我會成為一個好女友，成為對桐島同學而言百分之百完美的女朋友！」

為了讓桐島同學不會成為壞人。

早坂同學開始努力要當一個『好女友』。

理由是只要我能從她身上得到滿足，就能在這個即將背叛學長的時刻及時回頭，不再跟橘同學有所牽扯。

「桐島同學，歷史課要交筆記喔，沒問題嗎？」

早上的教室裡，早坂同學笑嘻嘻地靠過來這麼問道。

「因為蹺了太多課，或許不太妙呢。」

「我全部都寫完了，要抄嗎？」

「謝啦。」

「那，桐島同學的筆記借我？」

「咦？」

「我來幫你抄。」

早坂同學強硬地從桌子裡抽出了我的筆記本，跌跌撞撞地跑回自己的座位上。她當天就將筆記本還給了我，早坂同學抄寫的那幾頁字體十分可愛，而且色彩繽紛。

早坂同學心目中的好女友，似乎相當奮不顧身。

也因為她毫不意外地是這種個性，所以有些地方不會拿捏分寸。

在早坂同學開始實施百分百女友計畫之後過了幾天。

當我午休趴在桌上裝睡時，聽見了班上同學的對話。

「總覺得早坂同學，最近好像一直跟桐島待在一起耶？」

「對啊，上烹飪課的時候做好的餅乾也是立刻就給桐島了。」

「當桐島聊到最近新發售的軟糖之後，她隔天就買來送他了耶。」

「這樣桐島就是單純的小白臉了吧。」

我和早坂同學的關係是祕密，至今我們在教室裡都是維持著不交談的距離感。

但那個感覺已經徹底崩塌。

當我正想著必須委婉地提醒她一下時，有人拍了我的肩膀。

我抬頭一看，正是早坂同學本人。

「吶，桐島同學，你最近好像老是在福利社買麵包吃耶，之前不是都吃便當嗎？」

「便當是我妹做的，但她最近不知為何不再幫我做了。」

「這樣啊這樣啊。」早坂同學露出開心的表情這麼說著。

「那麼從明天開始，我來幫你做吧。」

她邊說邊比了個勝利手勢。

從遠處看著我們的班上男生見狀說起了悄悄話。

「我說早坂同學，妳會不會太常來找我說話了？」

「為什麼這麼說？」

「該說是感覺再這樣下去，不知道會傳出什麼謠言嗎……」

「可是，首先得讓桐島同學滿足才行吧？不然桐島同學就會變成壞人了嘛。不要緊，我全都知道。我會獨自搞定一切的。」

「那個，早坂同學——」

「嗯嗯，一定會很順利的！」

早坂同學握緊拳頭，用爽朗的表情說著。

「所以從明天起，敬請期待吧！」

於是我就此過上了由女友親手製作便當的生活。

在那之後，早坂同學不僅每天都會親手替我做便當，還會在午休錯開時間來社團教室跟我一起吃午餐。

她絲毫不在意其他人的目光，也不管備胎女友的規則，只為了成為『好女友』這個目的付出一切。

當我頂著一頭亂髮來學校時，她會笑嘻嘻地幫我整理。放學後也會約好，一起聊著無關緊要的話題踏上歸途。

只要無視她跟第一順位對象的柳學長沒有絲毫進展，這是一段十分愉快的時光。
讓我有了跟可愛女友一起度過的高中生活就該這樣的想法。
如果我跟早坂同學彼此都是對方的第一順位，這種未來或許不錯也說不定。
也覺得要是能這樣就好了，但是——
「桐島同學，怎麼了？」
早坂同學向我問道。
「你筷子停下來了喔？難不成是有討厭吃的東西嗎？不用客氣儘管說喔。」
「沒事，別在意。便當沒有我討厭的菜，我全都很喜歡，而且都很好吃。」
現在是午休時的社團教室。
這天我也跟早坂同學一起享用她親手製作的便當。
「要是有什麼不夠的話記得要說喔，我什麼都願意做。」
「現在這樣就很夠了，早坂同學真的很擅長做菜呢，應該會是個好太太。」
「真的嗎？我不只是個好女友，還能成為好太太啊！」
坐在對面沙發的早坂同學這麼說完，隨即來到我身邊貼了上來。
「這裡是學校喔。」
「一下子就好。」
她就像個在撒嬌的動物，再次用頭蹭著我。
因為實在太可愛了，會讓人覺得她是個好女友，是個完美的情人。

「昨天的電台我也有聽喔，非常有趣耶！」

早坂同學提起關於昨晚電台的感想，是我常聽的那個節目。

「另外我也看了推理小說，雖然有些地方很難懂，但解開謎題的瞬間真的非常愉快喔！」

她最近也開始看推理小說了。

「那麼，我差不多該回去了。」

說完之後，早坂同學將餐盒裝進可愛的袋子裡，接著準備走出社團教室。

繼續維持這種表面上的快樂或許也不錯。

但是這只是表象，只是「要是能這樣就好了」而已，不會有任何人得到幸福。

所以我最終還是決定說出來。

「早坂同學，我真的很喜歡妳。」

「嗯，很高興能聽你這麼說！」

「所以，我不希望妳勉強自己。」

早坂同學在門前停下腳步，接著回過頭，擺出不解的表情說著：

「我沒有勉強自己啊？」

「不僅一大早起床做便當，還要聽電台、看推理小說，妳哪有時間睡覺啊？」

「不睡覺也沒關係啦。因為，這是為了成為桐島同學理想中的女朋友啊。」

「早坂同學……」

「我這個人啊，沒有任何特色對吧？跟橘同學不同，沒有任何會讓桐島同學喜歡上的特點，所以為了能讓桐島同學喜歡上我才必須努力。不要緊的，接下來我不會讓你看出我在逞強的。做事這麼不細心真是對不起，我不像橘同學那麼機靈。不過，我會設法讓自己做到，很快就可以了。所以，你要等我喔。」

早坂同學用樂觀的語氣說著。

「只要讓桐島同學迷上我，一切都會很順利，這樣桐島同學就不用變成壞人了。只要我成為完美的女朋友——」

「但是這麼做對早坂同學第一順位的戀情會造成負面影響，現在已經有人在說我們的閒言語了。」

「說得也是，我好像太亂來了。說到底，橘同學才是桐島同學最喜歡的女孩子，跟我要求桐島同學等我追到學長根本一點關係也沒有。這些事情我全部一清二楚，是在明白一切之後才這麼做的。這是我仔細想過之後得出的結論喔。」

「畢竟——」早坂同學說著：

「誰叫我是個笨蛋，所以變得愈來愈喜歡桐島同學了。這也沒辦法嘛。」

「小茜又壞掉了對吧。」

酒井這麼說著。

她是早坂同學的朋友，是個平時會戴著樸素眼鏡的女孩子。但只要拿下眼鏡撥起瀏海，她就會搖身一變，變得一副成熟且經驗豐富的模樣。

「雖然這是小茜自己的選擇啦。」

事情發生在某個秋雨下個不停的早上。

我蹺掉了第一堂課，在自行車停車場跟酒井聊著天。

「小茜最近甩掉了男人的手喔。」

「我也看到了。」

這是在走廊上，某個三年級男生打算碰她時發生的事。

『早坂同學，跟我一起去逛文化祭吧。』

一名男學生這麼說著，打算把手放到早坂同學的肩膀上。

『請不要碰我！』

由於早坂同學甩得相當用力，那名男學生看起來不太高興。似乎是覺得自己被粗魯對待，在眾人面前丟臉的緣故。

因此在那個人離開之後，早坂同學顯得十分慌張。

「她好像還打算把頭髮留長，你知道是為什麼嗎？」

「是想模仿橘同學吧。」

「沒錯，打算配合桐島的喜好。」

聽電台和看推理小說也是一樣，她認為這就是我理想中的模樣。

「雖然人或多或少都會配合其他人改變自己，但小茜她做過頭了。」

「早坂同學說了『自己沒有任何特色』。」

「是因為桐島和橘同學的契合度太好，讓她拿自己做比較了吧。」

「畢竟小茜這個人比較自卑嘛。」酒井這麼說著。

「這次的原因是什麼？」

「我跟橘同學牽了手。」

「真敢做耶。」

「好像還被柳學長看到了。」

「這不是修羅場嗎。」

「而早坂同學告訴自己說是學長看走眼了。」

「是不想面對現實吧。」

「就是這樣才壞掉了呢。」酒井這麼說著。

「確實，只要柳迷上小茜，兩人交往的話，所有人都能得到幸福。畢竟這樣柳跟橘的關係也會自然消失，但這是不可能的吧。我不認為柳會移情別戀到小茜身上。」

「我也是這麼想。」

「小茜也該老實承認了，承認桐島變成了她的第一順位。」

「畢竟在親近的過程中不知不覺地喜歡上對方是非常正常的啊。」酒井說道。

「無論如何，如果你還想維持這份關係的話，總之就多照顧小茜一點吧。」

「我該怎麼做？」

「總之先去幫她的忙，小茜現在有危險了。」

「發生了什麼事？」

「那個被她甩開手的三年級男生，好像對小茜懷恨在心。」

早坂同學模仿橘同學強硬拒絕對方的行為似乎造成了反效果。

「我會的。」

「當然了。就算是備胎，你也是她唯一的男朋友。」

「但是就算幫了忙，也不代表她不會繼續模仿橘同學吧。」

這麼一來只會不斷重蹈覆轍。

「說得也是，必須讓小茜知道保持現狀就好，大力地肯定她才行。」

「我不清楚該怎麼做。」

「桐島，你的腦袋意外地轉得很慢耶。」

「有個非常簡單有效的方法喔。」酒井這麼說著。

「就是跟小茜做就行了，做那件一般情侶都會做的事。」

◇

成年男女會做的親密行為，這的確是最高級的肯定。

一般只會對能夠徹底接受的對象做這種事。而做出這種行為，也保證對方一定也對自己有好感，解釋成確認愛情的行為實在非常正確。

要是能藉此讓早坂同學認同自己，我的確應該認真考慮。

但是這個行為本身的意義對我而言太過重大，使我依然無法做出決定。

無論如何，在那之前我還有件事情要做。

「那麼，你打算去哪裡？」

牧這麼問著。

「便利商店。」我這麼回答。

現在是雨後的放學時間。

酒井告訴我，有幾名男性正埋伏在回程的便利商店附近，打算強硬地搭訕並帶走早坂同學。原因是遭她冷漠對待的男學生，對本地的小混混學長說自己高中裡有個又淫蕩又可愛的女孩子。

「為什麼我也要跟著去？」

走在我身旁的牧這麼詢問。

「因為對方似乎人也很多。」

「你是想去打架嗎？」
「看情況吧。」
「桐島，其實你很害怕吧。」
「才沒那回事。」
「那為什麼要讓我擋在前面？」
我們在聊著這些事的時候抵達了便利商店，停車場裡聚集了三個男人。
「我說桐島，那些傢伙與其說是小混混，不覺得感覺更不妙嗎？」
「戴墨鏡的感覺是他們的老大。」
「還停了一輛黑色廂型車，大概該是打算用那個把早坂帶走吧。」
「看來得想點辦法才行。」
「桐島，你真有種。」
「還好吧。」
我抬頭挺胸地朝那些男人的方向走去，但是——
「請各位回去吧。」
來到他們面前之後，我迅雷不及掩耳地向他們低了頭，畢竟可怕的東西就是可怕嘛。
「你們是來幹嘛的。」
留著雷鬼頭的男人這麼說著，他胸前還戴著一條金色的粗項鍊。
「我是早坂同學的朋友，另外，早坂同學不是那種女孩子，所以請不要糾纏她。以上都是我身邊這位叫牧的男生說的。」

「不，全都是這個四眼田雞混蛋桐島講的。這傢伙剛剛還得意忘形地說有必要的話他會來硬的。所以要揍就揍這傢伙吧。」

我們一邊把對方當成擋箭牌，一邊祈禱他們能不做任何事趕緊離開。

「可是啊——」

此時那個似乎是老大的墨鏡男開了口。

「聽說那個女人在做文化祭準備的時候，跟男人躲在窗簾後面做了耶？那麼就算被我們帶走，她也只會一邊嘴上不停拒絕，實際上身體卻很誠實的跟過來吧？」

眼前的男人們發出下流的笑聲說著：「咱們也想爽一下嘛～」

而牧則是驚訝地看著我。

「咦？你們做了嗎？在學校裡做？再怎麼說也太超過了吧？」

「才沒做！話說回來，現在不是說這種話的時候啦！」

原來如此，所以才會變成這樣啊，我這麼思索著。

實際上，當時躲在窗簾後面的早坂同學脫下裙子，刻意大聲喘氣給那些想跟自己搭話的男生們聽。雖然大多數人都覺得「清純的早坂同學才不可能做出這種事」，但果然還是傳出了謠言。

「所以啊，咱們怎麼可以不跟她打聲招呼再走呢，畢竟也想看看她的長相。啊，想看的是身體吧。聽說她好像看起來非常淫蕩嘛，也想看看她一絲不掛的樣子呢。」

男人們再次放聲大笑。

要是被這種人纏上，早坂同學的心靈肯定會受到汙染。

「這一切都是誤會。」

「請各位回去吧。」我這麼開口拜託，但由於對方也打定主意要找女孩子來享樂，絲毫不肯讓步，反而還氣勢洶洶地開始威脅我。

「我說你，跟那個叫早坂的女人是什麼關係，不是單純的朋友吧？」

「…………我是她男朋友。」

「你有個淫蕩的麻煩女友呢。」

「早坂同學不是那種女孩子，別說這種失禮的話。」

我也稍微不高興了起來，爭執愈演愈烈。這麼一來，既然在對方眼裡我們是弱勢的一邊，那麼自然就會想動手。

「你們兩個雖然低著頭，但其實看不起咱們吧。我可是很清楚喔。」

雷鬼頭的男性舉起了拳頭。

「啊，要打的話請打牧。」

「不，揍桐島吧，請打爆他的眼鏡。」

結果我的鼻梁挨了一拳。

這一拳很痛，由於鼻子受傷，眼淚也自然地流了出來，鼻子下方能感受到灼熱的物體，是血。

但這樣或許也好，我這麼想著。因為只要我在這裡挨揍，他們就沒時間去搭訕，並且應該會趁事情還沒鬧大的時候逃跑。

「這傢伙怎麼回事，竟然還在笑。」

他們揍得更用力了。

就在這個時候。

「可以請你們住手嗎？」

此時一名跟我們穿著相同高中制服的男生介入，抓住了雷鬼頭男性的手臂。

「只有三個人的話，我來當你們的對手吧。」

這名少年有著一頭短髮，以及矮小但鍛鍊得十分結實的體格，一看就是體育社團的成員。小混混們雖然身材高大，但他們的肌肉是練來展示用的，跟這位少年不一樣。少年的肌肉看起來充滿彈性，能感覺到從實戰中培養出的強悍。少年擺出架式，跟眼前的三個混混互瞪了一會兒。

當他們正在大眼瞪小眼的時候，幾名看似和短髮少年相同社團的男學生跑了過來。

這下那些混混也意識到了情況不妙。

「沒意思。」

拋下這句話之後，三人坐上黑色廂型車離開了現場。

「學長，你沒事吧？」

短髮少年看著我的臉說著，我好像在哪裡見過他。

「你是……」

「我是吉見，吉見誠。」

他既豪爽又充滿男子氣概，就連身為同性的我都覺得他很帥。

原來如此，濱波那傢伙還挺有眼光的嘛。

「謝啦，幫大忙了。」

「不會。其實……我是有事要找桐島學長，才來跟您搭話的。」

吉見學弟似乎不太會說話，這點更增加了我的好感。

「如果是橘同學的事，我幫不上忙喔。」

「不，不是這件事。」

他露出一副欲言又止的模樣搔了搔頭。

在我又等了一會兒之後，他才吞吞吐吐，有些害羞地說著：

「那個，桐島學長，你在跟濱波交往嗎？」

「……不，完全沒那回事。」

我會經常跟濱波在一起，是因為我們都是文化祭執行委員罷了。聽我這麼說明，吉見學弟看起來鬆了口氣。

「吉見學弟，你難不成……」

「嗯……沒錯。」

吉見學弟有些害臊地開了口：

「我喜歡的人是濱波。」

◇

「對不起，都是我不好。」

早坂同學將紙巾揉成一團塞進我的鼻子裡。

「這個鼻孔沒有流血耶。」

「對不起桐島同學、對不起、非常對不起。拜託你別討厭我、別拋棄我。」

早坂同學完全沒在聽我說話，結果，我兩個鼻孔都被塞滿了紙巾。

這是在保健室發生的事。

在那之後我暫時回到學校，去了一趟保健室。隨後從牧口中得知情況的早坂同學趕了過來，開始像這樣幫我處理傷勢。

「你的臉髒掉了。」

「早坂同學，那是抹布。」

「鼻尖也受傷了，得消毒才行。」

「拜託妳別把消毒水噴進我眼睛裡。」

「抱、抱歉！等我一下，馬上就──」

驚慌失措的早坂同學撞上桌子，導致急救箱整個翻了過來，裡面的東西散落一地。

「我不要緊，不必那麼緊張也沒關係。」

我邊說邊將散落一地的急救箱內容物撿了起來。當我將繃帶、胃藥、ＯＫ繃那些東西放好之後，才發現早坂同學正垂頭喪氣地呆站在原地。

「早坂同學？」

「我真是差勁。明明想當個好女友，覺得自己能做得到，但果然還是完全不行……」

她眼泛淚光，露出消沉的表情說著。

「還給桐島同學添了麻煩……」

「就說沒那回事了。」

「我也想把事情做好，也想替桐島同學做點什麼。但是我沒那麼機靈，無法跟橘同學一樣……對不起喔，這次我也是想模仿橘同學好好應付那些人的，可是卻讓桐島同學受了傷。對不起，腦袋不好真的很對不起。」

「早坂同學……」

總之我讓早坂同學坐在椅子上。

「我說，早坂同學，其實妳不必模仿橘同學的。」

「可是，橘同學是桐島同學最喜歡的女孩子吧？我想盡量迎合桐島同學的喜好，想成為桐島同學百分之百的女朋友。」

「雖然想要配合對方的喜好並不是件壞事。」

我也是為了得到早坂同學的好感，想接近她理想的形象，才會刻意裝得很紳士。無論是誰都做過這種事。

「不過，也不必否定現在的自己吧。我非常喜歡早坂同學覺得自己差勁的那些地方喔。」

「那是騙人的。」

「因為——」早坂同學說著。

「我平時根本不會聽電台，完全沒在接觸桐島同學喜歡的深夜電台喔？」

「畢竟早坂同學睡得很早嘛，我覺得這樣的妳很可愛。」

「一般我也不會看推理小說，從來不看桐島同學喜歡的推理小說喔？」

「因為早坂同學不愛看殺人情節嘛，溫柔是件好事。」

「……可是，這樣果然不行啦。我再這樣下去不行。跟橘同學差距太大，桐島同學一定不會喜歡我的。」

正如酒井所說，早坂同學非常沒有自信。不過原因大概在讓她跟橘同學做比較的我身上。所以現在我必須肯定她最真實的一面才行。

「……而且啊。」

早坂同學繼續說著。

「我是個很沉重的女生喔？不過因為我是備胎，所以才拚命忍耐不要展現出來。但其實我個性十分沉重，雖然桐島同學可能沒發現也說不定……」

「是、是啊……」

其實我很早就發現了。是說，原來那樣有在忍耐嗎……

「無論擁抱還是接吻，桐島同學都是我的第一次。因為這樣，使我變得愈來愈喜歡桐島同學，滿腦子都是你的事。明明橘同學是我重要的朋友，但是，我偶爾也會產生她要是消失就好了之類的想法。我真是個差勁的女孩子。」

「沒關係的，就算是這樣，我也會包容早坂同學最真實的一面。」

「而且——」我繼續開口說：

「我非常高興像早坂同學這麼棒的女孩子能這麼喜歡我。」

「真的嗎？」

「是啊。」

「我就算是個沉重的女孩子也沒關係嗎？」

「沒關係。」

可愛又沉重的女生雖然給人一種麻煩的印象，但老實說，男生對此也是抱有些許憧憬的。畢竟沒人會討厭被女孩子喜歡到這種地步。

「桐島同學，我真的可以做自己嗎？」

「那當然，我喜歡的是早坂茜啊。」

早坂同學的表情漸漸明亮了起來。這並非是裝出來的，而是她心中本來就有的天真爛漫。看到她的表情，使我再次意識到自己果然喜歡早坂同學。

「沒錯，說得也是，我就是我嘛。」

她站起身打算抱住我，但卻在即將碰到之前停了下來。

不過——

「算了。」

早坂同學這麼說。

「這裡是學校，桐島同學也說了願意接受我，那我就不必逞強了。」

她就像是真的看開了一樣，我認為這樣就好。

「我會毫無保留地進攻桐島同學，用我的方法採取攻勢喔。」

「嗯，放馬過來吧。」

「嘻嘻，那樣的話——」

早坂同學手指交叉放在面前，臉頰紅通通地擺出前所未有的撫媚表情說著：

「下次，我會獻出自己的一切。所以，請你好好收下，不要逃避喔。」

第13.5話　酒井文的適性測驗

現在是第三堂課結束之後的下課時間。

「妳在看什麼？」

聽到我的聲音，早坂茜連忙將正在看的書藏進桌子底下。

「小、小文。沒什麼，只是漫畫而已。」

「哼嗯——」

雖然她以為已經蒙混過去了，不過我知道茜看的是相當煽情的少女漫畫。

「下一堂是體育，快點去更衣室吧。」

「對、對喔。」

茜在更衣室脫下衣服，身上的內衣充滿成熟韻味。

這是預備穿給人看的內衣，她大概是在思考一般男女朋友之間會做的事吧。

真是的，這裡就做為朋友，搶在那個四眼田雞桐島之前，對茜做個適性測驗吧。我這麼想著走向操場。

「小茜，一起來做伸展運動吧。」

「嗯，好啊。」

「那麼就從股關節開始，雙腳張開仰躺在地上吧。」

「仰躺在地上？」

我讓茜躺在地上抓住她的腳，將大腿推向她身體的方向，看來不僅是大腿，她的股關節似乎也相當柔軟，雙腿能夠張得很開。

「小文，這樣好像有點難為情耶……」

「這只是在伸展而已喔？」

「說、說得也是……」

因為茜把我當作一個樸素，跟這種行為無緣的女生，所以不會認為我是為了模擬男女朋友之間的行為才讓她擺出這種姿勢的。

趁著這個機會，我將自己的身體擠進茜的雙腿之間，嘗試壓在她身上。

「慢著、小文，這個姿勢……」

「加上重量效果會更好。」

「不行啦……這樣子，總覺得……怪怪的……」

茜的身體有彈性又柔軟，就算躺下了也能感覺到她胸部的分量。

我想男人應該會難以抗拒吧，她那稚嫩臉龐和性感程度的反差十分驚人。

要是跟她做了……男人肯定會被她的身體迷得神魂顛倒。

「抱歉抱歉，這樣好像有點下流呢。」

「什麼、小文，咦、咦？」

「妳想像過這種事情對吧？」

「怎、才沒那回事！」

茜坐起身抱著膝蓋將臉埋了進去，但過沒多久她就抬起紅通通的臉，露出鬧彆扭的表情看著我。

「總覺得好意外喔，沒想到小文竟然會講這種話。」

「只是有這方面的知識罷了。」

雖然是騙人的。

「不過小茜，妳想做那檔事嗎？」

聽見我直接提問，茜她發出了「嗚耶！」的奇怪叫聲。

「怎麼可能嘛！妳應該很清楚我不擅長應付這種事吧？」

「是因為如果對象是那些男生吧，如果換成喜歡的人呢？」

「這個嘛……」

茜摩擦起自己的雙腳，接著說了句：「或許會想做吧……」

太好了呢桐島，那個對象一定是你。

「做了之後會怎麼樣呢？」

「我、我怎麼可能會知道啦。」

「妳想像看看。」

聽見我的慫恿，茜的頭上開始冒出熱氣。也就是說她聽話地進行了想像，可以說她很老實，也能說是很好哄。

「怎麼樣？」

「問我怎麼樣……大概會喜歡到不得了吧。要是一絲不掛地貼在一起，用整個身體來感受對方的話，我一定會變得喜歡到自己會壞掉的程度……」

「畢竟不光是肌膚，連體內也感覺得到嘛。」

「體、體內！」

茜驚訝地跳了起來。但或許是立刻就開始聯想了，她的眼神有些陶醉。

「如果我連身體深處都接納了桐島——喜歡的人，我就會再也離不開他。絕對會想一直維持現狀，留在他身邊的。」

她露出了恍惚的表情。

「不過啊，桐島跟橘——不對，小茜妳喜歡的人，或許會跟其他女生先做這種事也說不定喔？」

「咦，這樣……」

或許是也想到了那個景象，茜的表情逐漸變得陰沉。

「不可以……這樣不行……絕對不行……」

「慢著，小茜——」

茜的雙眼不斷浮現淚水。

「抱歉，說了奇怪的話。這只是一種可能性而已，所以我想應該沒問題才對，大概吧……」

就算我這麼說，茜卻已經完全聽不進去了。

她露出一副隨時都會哭出來的表情，不斷喃喃自語地說著：

「必須比橘同學搶先一步才行……否則桐島同學……會被搶走的……桐島同學……」

第14話　女人的恥辱

狀況沒有任何好轉的跡象。

不僅早坂同學感覺正逐漸往不健全的方向發展，我也沒跟柳學長有任何交流。一方面也是我覺得見面會尷尬，一直躲著學長的緣故。

另外，也不能忘了另一個女孩子。

這是午休時發生在舊音樂教室的事。

「與其說是練習女友，早坂同學已經徹底把自己當成女友了呢。」

橘同學這麼說著。

我們並肩坐在鋼琴椅上。

「在這之後，你還會像這樣跟早坂同學一起吃便當吧？」

「是這樣沒錯……」

「別露出那種表情，我其實並不在意。」

自從我說出自己能接受沉重的女孩子之後，早坂同學的女友行徑就愈來愈明顯。

吃便當的時候，之前我們都會各自前往社團教室，但最近她甚至會來座位上接我。她不僅在走廊上擦身而過會朝我揮手，在校內聊天時會毫不避諱地抓著我的袖子，絲毫沒有隱瞞的打算。

上體育課時她會大聲地喊著「桐島同學加油——！」替我聲援，讓牧感到困惑地說出「原來你是個偶像嗎？」這種話。

相比之下，橘同學非常老實。

自從牽手時被柳學長撞見之後，為了不讓人發現，我們只會像這樣在舊音樂教室聊個幾句。不過即使如此，橘同學的表情依舊顯得淡然。

「橘同學一點都不嫉妒呢。」

「是啊。畢竟我對其他人不感興趣，雖然隱約感覺得出來早坂同學跟練習女友有些不同，但並不會想進一步追究。」

「或許我果然還是個孩子呢。」橘同學這麼說著。

「戀愛實在有太多東西難以理解，我至今仍然不懂為何司郎和早坂同學的喜歡會有兩份。因為無論在心中找了多久，我的喜歡都只有一份而已。」

不過，即使她嘴上說著不清楚——

「橘同學也會幫其他人談戀愛呢。」

「你是指什麼？」

橘同學將頭轉到一旁，就像惡作劇被發現的小孩子一樣。

「我跟吉見學弟聊過了。」

「……是嗎。」

濱波喜歡自己的青梅竹馬吉見，但吉見對橘同學十分著迷，完全對濱波不感興趣，濱波是這麼說的。實際上，吉見確實有追著橘同學跑，拿到橘同學的聯絡方式時也顯得很開心。

不過實際見面之後，吉見給人的印象並非如此。

吉見喜歡濱波，而依照他的說法，他認為濱波老是跟一個同為執行委員，名為桐島的學長待在一起，不肯注視著他。

「吉見學弟找橘同學談了這件事，時間恐怕是在濱波找我商量之前吧。」

要說為什麼會產生這種誤會，大概是因為——

然後——

「妳利用了虛榮效應吧。」

這是一種「人會想去追求難以得到的事物」的心理效應。

既然我是從《戀愛筆記》上看來的，那麼橘同學就算看過也不奇怪。

「濱波徹底中了橘同學的計。」

「嗯，大概就是這樣。」

橘同學這麼說著。

「原本就是吉見學弟先喜歡上了濱波學妹，但濱波學妹完全沒有發現。」

「是這樣嗎？」

「感覺只把他當成普通的青梅竹馬，而不是戀愛對象。於是吉見學弟為了觀察濱波學妹的反應，就假裝自己喜歡上了其他女孩子，會挑上我大概只是湊巧的。」

「原來如此。」

我想吉見學弟會選擇橘同學大概不是湊巧。就算要裝出喜歡上其他女孩子的樣子，要是跟對象走得太近，反而會讓濱波退縮。因此才會選擇不切實際，自己高攀不起的女孩子。

「吉見學弟向我搭話時，我立刻就發現了眼前的男生其實對我沒有感覺。在得知情況是這樣之後，我決定幫他一把。」

「所以才把聯絡方式給他啊。」

「你擔心了嗎？」

「妳在說什麼啊。」

「放心吧，我是屬於司郎的女孩。」

橘同學一邊這麼說，一邊撕掉了我脖子上的ＯＫ繃。上面還留著進行不能用手的遊戲時留下的吻痕。

「變淡了不少呢。」

她將嘴唇貼在我的脖子過了一會兒，接著將ＯＫ繃貼了回去。

「黏著力變弱了呢。」

「小心別讓它脫落喔。」

橘同學留在我脖子上的觸感有點癢，接著我延續了剛剛的話題。人會想去追求難以得到的事物。

「妳向吉見學弟提出了來追自己的建議，打算利用的虛榮效應。」

「沒錯，然後濱波學妹就漂亮地上鉤了。很可愛對吧，畢竟她因為這樣才發現原本只當成青梅竹馬的男孩子，其實是自己的心上人嘛。」

正因為濱波不知道那是在演戲，才會為了吸引吉見學弟，想透過我喜歡上她來營造光環效應。這讓吉見學弟坐立難安，所以他才忍不住跑來找我搭話。

由於都在耍小聰明，才導致目前彼此錯過的情況。

「他們兩個很笨拙呢。」

橘同學這麼說著：

「都不肯老實說出自己的心意。」

「要讓他們知道其實彼此是兩情相悅嗎？」

「應該表現得更浪漫一點。」

橘同學似乎有自己的想法，她是個很有行動力的女孩子。

「妳還真是支持他們兩個的戀情耶。」

「濱波學妹在小時候，跟吉見學弟約好了要當他的新娘。吉見學弟至今也很珍惜那個約定，我想要是他們能就此結為連理一定很棒吧。」

我跟橘同學也是從小就認識了，我看著她冰冷的側臉這麼思索著。橘同學見狀像是注意到這件事似的開了口：

「我無所謂就是了。」

橘同學的確是個冷淡的女孩子。既不會拿自己跟其他人比較，也不會嫉妒。不過即使是她，應該也會有不坦率的時候吧？我對此感到好奇。

「我說，橘同學。」

「怎麼了？」

「最近我妹不再幫我做便當了。」

所以我才會去福利社買麵包吃。以此為契機，早坂同學才開始每天幫我做便當。

「那又怎麼樣？」

「是橘同學妳來過我家之後，她才不再幫我做便當的。」

「哼嗯。」

橘同學和我妹交換了聯絡方式。

「或許只是我多心了，但該不會是橘同學告訴我妹妹，說以後由自己來做吧？」

聽我這麼說，橘同學別開了視線。

「司郎對我有太多期待了。」

「是嗎，一切都是我的誤會啊。」

「沒錯。要是司郎產生我打算為了你做便當，但實際動手時卻都是些冷凍食品導致太過害羞給不出去，在我胡思亂想的時候早坂同學也開始做便當，以至於就這樣開不了口的妄想，我認為實在太自作多情了喔。」

橘同學很罕見地說個不停，連耳根子都變得紅通通的。

「話說回來橘同學，其實早坂同學今天請假，我沒拿到便當。」

「哼嗯。」

「還忘了帶錢包，也不能去福利社買麵包吃。」

「是嗎。」

「所以正因為沒東西吃而感到困擾呢。」

「我不喜歡自己被人看透。」

橘同學露出了不滿的表情。

「不過——」她接著勉為其難似的繼續開口：

「很巧的是，我今天正好多帶了一個便當……只是今天心血來潮，碰巧多做的。」

她一邊這麼說，一邊從自己放在桌上的書包裡拿出了兩個便當。

「我幾乎沒有做過料理，所以不用告訴我感想，默默地吃掉就好。」

因為橘同學這麼說，我默默地吃了起來。

吃完之後，我沒來由地摸起鋼琴。

接著嘗試用右手彈奏小學時玩遊戲記住的「給愛麗絲」的一個小節。

當然，我彈得很差，聲音斷斷續續的。

「要這樣彈。」

橘同學教了我接下來的段落。

我照著她的指示動起手指，橘同學也配合起我動作緩慢的右手，演奏起左手的部分。

她徹底恢復了以往的冷靜態度。

我看著她的側臉心想。

橘同學大概每天都替我做了便當，卻沒能把便當交給我，只是眼睜睜地看著我和早坂同學一起走進社團教室之後，將便當收回書包裡返回教室。

她收起來的只有便當嗎？

會不會也將更重要的心意藏進了內心深處，沒有告訴我呢？

當我想著這種事情時，這次輪到橘同學看穿了我的想法。

「從明天起我不會再做便當，我只要有今天就夠了。」

橘同學是個善於控制自己情緒的冷漠女孩。

雖然我想知道她內心深處的想法，但也有種不知道比較好的感覺。結果，我們只是一味地敲著琴鍵。

◇

「那麼，你打算怎麼辦？」

牧這麼問我。

這是發生在放學後回家路上的事。

「打算怎麼搞定早坂、橘跟柳學長的關係？」

由於他實在太纏人，我將所有事情說了出來。

要如何應付這麼扭曲的人際關係，我心中已經有了答案。

「我會在不被任何人發現的情況下繼續維持跟橘同學的關係，並在高中畢業時分手。這麼一來橘同學會和柳學長結婚，我也會跟早坂同學正式成為情侶。」

「真厲害的退出策略耶，這不就是有時效性的腳踏兩條船嗎？」

「但是，這麼一來誰都不會受傷。」

我很清楚就大眾眼光來看這是件壞事，但現實並非道德課本，應該考慮到每個人的心情來尋找妥協點才對。

「嗯，畢竟要是你跟橘兩個人衝過頭，周圍的所有人都會變得不幸啊。」

牧這麼說著。

「話雖如此，要是被發現就要面臨地獄了呢。早坂毫無疑問地一定會壞掉，學長也不知道會變得怎樣……雖然是想得到更穩妥的方法……」

也就是由早坂同學追到柳學長，讓剩下的我和橘同學走在一起的『早坂計畫』。

「但那應該是不可能的吧，我不認為那個柳學長會中途變心，這感覺就像美漫的英雄墮入邪道一樣。啊，其實意外地有可能嗎？」

「別說這種不吉利的話。」

「這個姑且不論──」牧這麼說著。

「你那個徹底隱瞞的計畫，也太依賴橘了吧。」

「果然你也這麼想嗎？」

「我想橘應該是不會露出馬腳，但她可是徹頭徹尾，或者該說是只能當第一順位的女孩子喔？

或許遲早會對演戲感到厭煩也說不定。」

「這方面只能相信橘同學了，雖然她目前是說無所謂……」

「她也有可能會發現自己新的情感啊，而且橘還是個最近才說過『喜歡上一個人是怎麼回事呢？』的女孩子。」

要這麼說的話我也無言以對。

「更何況，你們要怎麼做像是情侶的事啊？既不能一起上下學，也不能一起逛文化祭。」

「總之她今天會來我家一趟。」

是我妹邀請橘同學的。

她認為要是放過這個機會，哥哥我就再也交不到女朋友了，因此才有種必須留住橘同學的使命感。與她為我著想的行為相反，她非常瞧不起我這個哥哥。

「嗯，如果是家中約會應該不會被發現吧。」

「不過啊——」牧開口道。

「你還真是喜歡走鋼索耶。不光是被早坂或柳學長其中之一發現就會立刻完蛋，讓橘累積太多不滿也一樣，難度也太高了吧。」

就在我們聊著這種話題的時候。

身後有人叫住了我們。

「桐島、牧，一起回去吧。」

我回頭一看——

是柳學長。

他臉上還是老樣子掛著清爽的笑容，令內心感到愧疚的我無法直視。

「怎麼了桐島？」

「不……沒什麼……話說回來，學長你好像很開心呢。」

「哦，小妹她傳了個訊息給我。」

學長也跟我妹交換了聯絡方式。

「所以說，我現在要去你家。」

「咦？現在？為什麼？」

「有個很漂亮的美女要去你家吧？小妹她告訴我了，還叫我去看一下。」

「還真不能小看桐島呢。」學長露出爽朗的笑容這麼說著。

「真想快點見識一下。」

◇

我跟牧還有柳學長就讀同一所國中，也就是住得很近。加上都是搭電車上學，所以離家最近的車站也是同一個。因為就住附近，所以我妹跟柳學長的關係也很好。

而那位妹妹現在惹出了不得了的麻煩。

再這樣下去，學長跟橘同學會在我家碰面。

不知道情況的我妹她，應該會興高采烈地向學長介紹橘同學吧。

——很厲害對吧！橘姊明明這麼漂亮，卻是我哥的女朋友喔！

到那時候，學長究竟會作何反應呢？

在前往老家車站的電車上，我單手抓著吊環，拚命地動著腦。

『快想點辦法，我可不想面對修羅場！』

牧用眼神這麼向我示意。

學長絲毫沒注意到我們的想法，開心地向我們搭話。

「最近老是在準備考試讓人喘不過氣，所以能跟桐島你們聊天我很開心喔。對了，機會難得，就久違地去一起桐島房間玩遊戲吧。」

實在讓人難以拒絕。

『快點！』

『我知道！』

我一邊跟牧用眼神交流，一邊回應學長的話。

「剛剛那位客人跟我聯絡，說她有急事今天來不了——」

「小妹傳了訊息過來，說是『客人已經到了喔~柳哥也快點來看吧！她漂亮到會讓你嚇一跳喔，一起玩吧！』，會是個怎樣的女孩呢。」

學長表情很欣慰似的看著我。

他要是知道那個女孩子是誰，臉上的笑容應該會完全消失吧，我這麼想著。

是說橘同學已經到了嗎？

『快點聯絡橘叫她離開！』

牧指著手機做了個手勢。

我拿出手機，將一片漆黑的畫面拿給牧看。

『手機遊戲玩太凶沒電了。』

『桐島，你是故意的嗎？』

電車在我們做這些事情的時候到了站，我在月台上這麼開口：

「學長，可以請你先找個地方殺時間嗎？」

「為什麼？」

「那個，我有點想先回房間整理一下。」

「事到如今就別害羞了。」

不行了，這下無論說什麼都無濟於事。

只能設法挺過修羅場了。

我抱著這種想法自暴自棄地走過剪票口，就在這個時候——

「早坂同學？」

走出剪票口時，我見到了身穿便服的早坂同學。她穿著一件大號的防水外套，搭配短褲和黑褲襪，脖子上還圍著圍巾。

在發現我之後，她朝著我舉起手來。

「能遇到桐島同學真是太好了。」

「妳怎麼在這裡？話說回來，早坂同學妳今天不是請假嗎？」

「嗯，稍微有些東西想買。」

她很害羞似地把手上的塑膠袋藏到身後。

「在平日？而且不惜請假？」

「嗯，因為我想趁人不多的時候買……」

是限量的點心之類的吧，能看見塑膠袋裡放著一個褐色的紙袋。

「接著莫名地想跟桐島同學聊聊，就跑過來了。我有試著連絡你，可是完全沒有顯示已讀……雖然想過要不要直接回去，但又覺得或許再等一下就能見面……」

「抱歉，手機電池沒電了。」

「嗯，我就覺得是這樣。畢竟桐島同學才不可能丟著我不管或是無視我，也不會對我做出過分的事呢。」

「是、是啊……」

早坂同學家跟我家分別位於東京的東西兩端。我雖然告訴過她最近的車站是哪一站，不過她並不清楚我家的位置，所以才會一直站在剪票口前等吧。

「啊，牧同學和……學長也在啊！對不起，我完全沒發現！」

早坂同學語氣訝異地說著，其實他們一直都在就是了。

「難不成，你們三個正打算去哪裡玩嗎？」

「原本是打算去桐島房間玩遊戲的，不過我還是跟牧去電子遊樂場好了。」

這麼說完之後，學長拍了拍我的肩膀。

接著小聲地對我說：「兩位就好好享受吧。」

「看來小妹說的客人，就是小早坂對吧。」

「呃……這個……」

「桐島果然對小早坂有意思啊，既然如此就早點說嘛，我還以為……」

柳學長有些困擾似的搔了搔頭。

「我有件事必須向桐島道歉。」

「什麼事？」

「該說是起疑了嗎，不，是我自己的問題……看來是因為準備考試太累了吧。」

他大概是在說自己撞見我跟橘同學牽手的事吧。

「抱歉啦，桐島。總之今天我就跟牧先走一步了。」

「再見啦。」學長說完就帶著牧爽快地離開了。

只剩下我跟早坂同學兩個人。

「如果有話想說，去那邊的漢堡店坐一下怎麼樣？是間最近新開幕的正統店家喔。」

早坂同學「嗯」一聲點了點頭。

這樣就行了。早坂同學突然跑來這個遙遠的車站的確讓我嚇了一跳，不過也託她的福得救了。

雖然得讓橘同學等一會兒，不過有我妹在應該沒問題。

我們走進漢堡店點了餐。過了不久，一盤充滿正宗美式風格的巨無霸漢堡端了上來。

早坂同學拿起漢堡想了一會兒之後，說了句：「對了，我已經不用繼續模仿橘同學了。」接著慢慢地小口吃了起來。

「桐島同學知道橘同學是怎麼吃漢堡的嗎？」

「不，我不知道。」

「前陣子我跟橘同學一起去了橫須賀。」

她們兩人假日似乎一起去參觀了停泊在港口的航空母艦。

「等一下，這是誰的興趣？」

「是我喔。我沒說過嗎？我經常會看一些飛彈爆炸或機關槍掃射的影片。」

真希望妳別在這種時候公開這麼刺激的興趣。

「然後啊，就是因為橫須賀有美軍的基地，所以才會有很多像這種正式的漢堡店對吧？」

「是挺有名的。」

她們好像一起去店裡用了餐。

「當時端來了一份很厚的漢堡。我還在想橘同學會怎麼對付它，沒想到她竟然用雙手把漢堡用力壓得扁～扁的來吃，很有趣對吧。」

橘同學似乎是會把漢堡壓扁再吃的類型。

「我很喜歡聽到早坂同學和橘同學相處融洽的故事喔。」

隨後我們繼續聊了些沒有營養的內容，像是昨天看的電視節目，或是最近看過的有趣動畫頻道之類的。接著在準備結帳回家的時候，事情發生了。

「桐島同學，那是什麼？」

因為被橘同學撕開過一次導致黏性減弱，ＯＫ繃在不知不覺間脫落了。當然，那個痕跡也因此暴露了出來。

「呃，該說是被蚊子叮到嗎……」

「…………吶，我現在可以去桐島同學家嗎？」

「咦？那個，今天我接下來還有事……」

「是打算在家裡跟柳學長他們玩遊戲對吧？那麼應該沒關係吧？」

「該說我房間還沒整理好讓女孩子進來嗎……」

「現在就去桐島同學家吧。」

早坂同學笑瞇瞇地說著。

「這個嘛……」

「不然的話，我想自己應該會當場哭出來，會再次變得陰沉、會壞掉的。」

「啊、嗯。那麼，我們走吧。」

我只能說出這句話。

◇

我將手伸向玄關的門把上。

由於手機電池沒電，我沒辦法跟人聯絡。

我成功避免了柳學長來到家裡。但是，再這樣下去早坂同學就會撞見橘同學，地點還是在我房間——

「怎麼了？不進去嗎？」

這下只能認命了。

我這麼想著，無可奈何地打開了門。但是——

玄關不見橘同學的樂福鞋。

或許是因為我們在漢堡店裡待太久，她回去了也說不定。

「哥哥，歡迎回來～」

我妹跑來迎接我們，接著立刻露出疑惑的表情「咦？」了一聲。

「呃……這位是？」

我還來不及回答，早坂同學就先一步說著「好可愛～！」跑向我妹並且抱住了她。

「桐島同學，你有妹妹啊！」

「嗯。」

「桐島同學跟妹妹感覺不太像耶。她沒有桐島同學的彆扭個性，還像個時下的女孩子一樣閃閃發光，你們真的有血緣關係嗎？」

早坂同學講話很自然地帶著刺，難不成是在生我的氣嗎？如果是的話就一點也不奇怪了。

「我叫做早坂茜。」

她這麼對我妹妹說。

「正在跟妳哥哥交往，請多指教喔！」

「咦？什、什、什麼～？」

即使臉被早坂同學的胸部壓住，我妹依然瞪大眼睛朝我看了過來。但聰明的她似乎發現了事有蹊蹺。

「這麼可愛的人居然是我哥的女朋友？真、真意外耶～！」

大概是察覺到氣氛不對，我妹突然用高亢的語氣說著。

「還、還以為將來得由我來照顧哥哥呢！畢、畢竟我以為哥哥一輩子都交不到女朋友嘛！真是太好了～！」

老妹啊，真抱歉讓妳演了這麼彆腳的戲。

我連忙帶著早坂同學走向自己的房間。

能感覺到我妹充滿疑惑的視線。

『之後你要給我一五一十交代清楚喔。』

她的眼神是這麼說的。

「我還是第一次進男生房間耶！」

走進房間之後，早坂同學的眼睛因為好奇心而亮了起來。

「對不起喔，比橘同學搶先一步進了你房間。不過我是你的女朋友，應該沒關係吧？」

「啊、嗯。」

「這裡就是桐島同學平時念書睡覺的地方啊，總覺得好厲害耶。」

她往房間裡看了一圈。

「嘿嘿，既然我是突然來的，就不打開你的櫃子跟看床底下嘍。」

「請務必這麼做。」

看來是逃過一劫了，之後再聯絡先回家的橘同學吧。

早坂同學也因為做了像是女友的事心情很好。

她一會兒翻閱畢業紀念冊，一會兒看著書櫃和我聊了些話。將女友來到男友房間會做的事都做了一遍。途中我妹端了茶和點心過來，老媽似乎是還在工作沒回到家。

在做著這些事情的時候，我跟早坂同學不知不覺地並肩坐到了床上。

總覺得氛圍變得有些沉靜，不過我想女友待在男友房間多少都會有這種時候吧。

「吶，桐島同學，你脖子上的那個……」

「啊，是說被蚊子叮的那個啊。」

「真是隻壞蚊子耶，感覺會留下瘀青。」

「嗯，或許是吧。」

「那麼，我來幫你治好。」

早坂同學抱著我，將嘴唇貼在我的脖子上。起初她還因為吸不好而一頭霧水地偏著頭，但在途中掌握訣竅之後，便開始用力地吸了起來。她的力道比橘同學更加強勁，讓人覺得比起留下吻痕，更像是會造成瘀青。

「……吶，桐島同學。」

「幹嘛？」

「女孩子第一次到男友房間感覺會做的事情，我大致上都做完了吧。」

「是啊。」

「不過一般來說，男女朋友應該會做更多事吧？」

「會、嗎？」

我試著裝傻帶過，但是對早坂同學行不通。

早坂同學將身體靠了過來，我的視線忍不住被她短褲底下露出的大腿和黑色褲襪所吸引。她的胸口貼在我身上，襯衫的釦子彷彿隨時都會綻開。

「不，怎麼能突然做這種事……」

「桐島同學果然很溫柔，非常珍惜我呢。」

她彷彿很感動似的說著。

「總是會好好替我著想，所以才老是在最後關頭停手吧。說得也是，畢竟我們還是高中生，要是順著氣氛做出那種事，之後會很麻煩的。我也是這麼想。像這種行為，不是突然就能做的對吧。」

「所以啊，我今天做好了準備喔。」早坂同學這麼說著。

接著她將出現在剪票口時拿在手上的塑膠袋遞了過來，裡面放著褐色的紙袋。原本以為是裝著點心之類的東西……不過裡面裝的卻是……

「早坂同學，這個是……」

極薄。

〇・〇三公釐。

是保險套。

「還有啊，我量過體溫了。」

「體溫？」

早坂同學「嗯」的一聲點了點頭，說起要用體溫測量的週期——

「我今天是安全期，所以如果桐島同學想做，不用戴也沒關係喔。」

◇

早坂同學今天會向學校請假，就是想趁沒有人的時間去藥局買這個。

「超級讓人難為情的喔，店員還是個男的……」

她一邊這麼說，一邊紅著臉整個人躺在床上。

真的就是一副任我擺布的姿勢。

「桐島同學，這麼亮很讓人害羞耶……」

我按照早坂同學的要求拉上窗簾把燈關掉。這裡不是學校，而是我的房間，就連保險套也準備完畢，她已經徹底放開了。

「我認為自己並非所有地方都不如橘同學，至少在身材上……我應該是贏過她的。畢竟我經常聽到男生們這麼說……大家也老是盯著我看……」

現在要找到不跟早坂同學做那種行為的理由反而比較難。

「吶，桐島同學，你喜歡我吧？」

「當然喜歡……」

「既然如此，不做這種事情反而很奇怪對吧……？還是說，我沒有魅力呢？」

我回憶起酒井說過的話。

做這種行為是對對方最大的肯定，而我也想肯定早坂同學。

「早坂同學非常有魅力喔……」

「那麼……我希望你跟我做……如果桐島同學喜歡我……又想做的話。」

早坂同學很害羞似的摀住嘴巴別開視線。她露出嬌豔的表情，衣服凌亂不堪，大腿自短褲底下伸出，做出一副任人擺布的姿勢。

回過神來，我已經在床上壓住並親吻著早坂同學。

她濕潤的嘴唇包覆著我的舌頭，理所當然似的接受了我。
「嗯……嗯嗯……啊啊……哈啊……」
早坂同學的嘴角滲出了氣息。
我們互相擁抱，舌頭交纏在一起。在這個過程中，我們彼此身體的界線逐漸變得曖昧。因為喜歡，才會想把這股感情釋放出去讓對方知曉，想讓身體的各個部位交疊在一起。任由感情驅使將彼此的胸部、腰部給——
我將手伸向早坂同學隨時可能綻開的襯衫鈕釦，一顆接一顆地解開。她那白皙的豐碩果實露了出來。
內衣是蕾絲的，有股大人的韻味，是在裝成熟吧。不過從顏色還是可愛的粉紅色來看，果然還是早坂同學的風格。
「……可以摸喔。」
我依照她的說法把手放上胸罩，堅硬的布料下面的確能感受到某種柔軟的物體。
「桐島同學……繼續……多摸、一點……再來……」
我將手伸向早坂同學背後解開背釦，接著把手伸進胸罩裡。她的胸部宛如吸住我的手掌般改變著形狀，手感柔軟有彈性。
班上的男生應該都想像過自己能對早坂同學的身體上下其手吧。
「桐島同學想怎麼做都可以喔，只有桐島同學才可以，我想任由桐島同學擺布。」
我一邊吻著她，一邊觸碰著她的胸部。

手掌碰到了一個小型的突起，它立刻變得屹立堅挺。

「桐島同學……討厭……那個、不行……不對……不要停……再來……」

早坂同學像幼兒般在撒嬌，身體微微抽搐著。她的呼吸變得凌亂，臉頰開始泛起紅潤。見到她一副像在渴求什麼似的伸出舌頭不斷喘氣，我再次吻了上去。

我喜歡早坂同學。因為想讓她明白這件事，希望她變得更興奮，我將手伸向她被黑色褲襪包覆的大腿。不過，這條褲襪真礙事。

「桐島同學……可以喔……不要緊的。」

早坂同學很害羞似的抱著我，我則是伸手摸向她的牛仔短褲。將注意力放在厚重的布料後面，解開鈕釦並拉開拉鍊。

「……好害羞喔。」

早坂同學將臉埋進了我的胸口，帶著濕氣的呼吸十分熾熱。

我拉開她短褲的前端，將手伸了進去。就在這個瞬間——

「不要、騙人，桐島同學，等一下！怎麼會，騙人……」

早坂同學連忙將手伸進短褲，將我的手拉了出來。

我的指尖變得濕答答的，還能拉出細絲。這也是理所當然的。因為早坂同學的那個部位已經變得溫熱且濕潤，就算隔著內褲和褲襪也能感覺得出來。

「桐島同學，不是的、這是……這樣我不就像個淫蕩的女孩子了嗎，討厭……」

早坂同學將臉埋進枕頭，用帶有哭腔的聲音說著。

「好害羞喔……竟然變成這樣……我才不是那種女孩子啦。」

「我很高興喔。」

「因為桐島同學啦，我是因為桐島同學才會變成這樣的，因為是桐島同學……」

因為早坂同學實在太過害羞，我們只好用棉被蓋住全身。

見到四周變得一片漆黑，早坂同學才終於放鬆了下來。我們像是要重來一遍似的再次接吻、擁抱，觸摸彼此的身體。由於熱度完全沒有消退，我們立刻再次變得興奮，當棉被也帶著熱氣的時候，早坂同學開始脫起我的襯衫。

「這個，好舒服，令人安心……」

早坂同學抱住我，撫摸我的背部說著。

我們的肌膚互相觸碰，感受彼此的體溫。十分溫暖，就像是直接觸碰彼此的存在般融為一體，這麼做確實讓人十分安心，肌膚接觸的感覺真是舒服。

「吶，桐島同學……你可以繼續摸我喔……」

「可以嗎？」我這麼問，早坂同學將臉貼在我胸前點了點頭。

為了方便觸摸，我在被窩裡脫去了她的短褲和褲襪，現在早坂同學身上只剩一件內褲。接著我將手伸進她的大腿之間，隔著內褲的薄布用手指撫摸著，果然帶有溫熱的濕氣。

只是稍微摸了一會兒，濕氣便逐漸增加，最終變得即使隔著布料，也能聽見咕啾咕啾的水聲。

「討厭……別讓我害羞啦……不要讓我害羞……」

因為早坂同學的反應激烈到甚至讓人覺得有趣，我也興奮了起來，不斷地撫摸著。

「不行啦桐島同學……我要變奇怪了……」

早坂同學嘴上這麼說，一邊挺起腰將那個部位緊貼在我的手指上。

我一邊動著手指，一邊吻著她，舔著她的脖子，把舌頭伸進她的耳朵。這段期間早坂同學不斷地發出嬌喘。不知道究竟持續了多久，最後她全身開始緊繃。

「桐島同學……桐島同學……桐島同學……」

早坂同學的腰高高挺起，整隻腳用力伸直。

「我喜、喜歡、喜歡、喜歡、喜歡、喜歡桐島同學！」

接著發出高亢的嬌喘聲，整個身體抽搐了兩、三次。

她緊抓著床單，大口大口地喘著氣。

因為想看清楚早坂同學的模樣，我掀開了被子。

「討厭……不要看我……」

躺在床上的早坂同學肌膚白皙且充滿魅力，身上隱約滲著汗水。

她的嘴裡銜著一束頭髮，成了相當放蕩的模樣。

原本粉色的內褲現在顏色變得更深，附近床單染上了一片淫靡的水痕。

「桐島同學，討厭啦……」

我抱住了這樣的早坂同學並吻了上去，將舌頭伸進她嘴裡挑逗一番。她也立刻進入狀態，整個人緊摟著我，腰部也貼了上來。

我徹底有了那個意思，早坂同學也是。

「來做嘛……做情侶之間會做的那件事……」

她神情恍惚地懇求著我。

我朝放在桌上的保險套看了一眼，打算解開皮帶上的扣環。

但就在這個時候。

我的腦中莫名地閃過今天發生的所有事情。

這讓我恢復了冷靜，宛如拼圖的碎片一片片拼湊起來一樣，釐清了現在的狀況。

如果是這樣，就不能跟她做到最後了。

「…………今天就到此為止吧。」

我移開了自己的身體。

「……咦？」

早坂同學露出一副不清楚發生什麼事的表情。

「怎麼會？為什麼？為什麼為什麼？」

就像是腦袋跟不上狀況的變化一樣，但當她知道我不打算繼續做下去之後，她的眼眶開始浮現淚水。

「為什麼……為什麼不肯跟我做呢？果然我那麼沒有魅力嗎？」

「沒那回事。」

「我幾乎沒有地方贏得了橘同學，只有身材比她好。即使這樣還是不行嗎？哪裡不行呢？我什麼都願意做喔？還是說其實你不喜歡我呢？」

「我喜歡妳。」

「既然這樣，為什麼……為什麼不肯跟我做呢？」

即使如此，我依然不能繼續做下去。

早坂同學暫時呆住了一會兒，接著喃喃自語地拋出一句。

「…………太過分了，桐島同學。」

她用棉被裹住身體，眼神注視著半空說道。

「要是在這裡停手的話……我不就真的像個笨蛋一樣了……」

「……抱歉。」

「…………我要回去了。」

早坂同學撿起散落一地的衣服，心灰意冷地穿了起來。她看起來十分失望及受傷。

其實我很想告訴她，說自己也想跟早坂同學做，要是下次還有機會，我一定會跟她做到最後。

不過，現在的我說不出口。

「我喜歡早坂同學，這是真的。」

「我已經不相信你了……」

「要怎麼做妳才肯相信我呢？那個，除了做那檔事以外……」

「那麼，請你對我說吧。」

「說什麼？」

「就說，比起橘同學，你更喜歡我。」

這個問題是早坂同學對我的試探。而我為了多少能讓她得到安慰，便開口答覆。

「比起橘同學，我更喜歡早坂同學。」

她的表情在一瞬間恢復了光彩，不過——

「果然還是不行……因為、太丟臉了。都做到這個地步了你卻還是不肯做，無論任何女生都會受傷的……」

「我要回去了，不必送我沒關係。」穿好衣服之後，早坂同學這麼說著。

「我已經沒臉跟桐島同學見面了。對不起，我是個沒有魅力的女友。對不起，我是個沒用的女友。」

她用瀏海遮住了自己的表情。

「我們暫時別見面了吧，我沒有自信能待在你身邊。」

早坂同學說完之後走出房間下了樓梯，就這麼快步離開了。

她果然受傷了吧，我這麼想著。

如果可以，我當然也想做。

但是我注意到了，那個不能做到底的理由。

我站在衣櫃前面，將門打開。

在裡面的是——

「結束了？」

橘同學。

身穿制服的她拿著樂福鞋，抱膝坐在衣架下方的狹窄空間裡。

「那麼，雖然有很多話想講。」

橘同學不疾不徐地起身說著，她的表情讓人難以捉摸。

「不過，也是呢。總之你再說一遍試試看吧。」

「說什麼？」

「你最後對早坂同學說的話，我想再聽一遍。請你一字一句，原封不動地說。」

畏於橘同學那雙彷彿燃燒著的藍白色雙眼帶來的壓力，我開了口。

「比起橘同學，我更喜歡早坂同學──」

就在這個瞬間。

我的視野劇烈搖晃。

過了幾秒，我才發現是橘同學賞了我一巴掌。

清脆的聲音響徹整個腦海，嘴角被劃破滲出了血。

眼前的橘同學瞪著我。

「就算是說謊，也不准你再說這種話。」

第15話 不道德RPG

橘同學她目前正在泡澡，地點竟然是我家的浴室。

要說為什麼會變成這樣。

我被橘同學甩了一巴掌之後，老媽就回到了家，接著見到橘同學的她這麼說。

「機會難得，要不要一起吃個晚餐？」

妹妹也趁機插嘴。

「橘姊就乾脆住下來吧，我們一起玩嘛。」

意外的是橘同學居然點頭同意，還興沖沖地跟家人聯絡了。看來就算有門禁，只要住在朋友家就沒關係，是很常見的類型。當然，用上了我是她女性朋友的設定。

於是橘同學就這麼在桐島家住了下來，現在正在我家浴室裡。

這情況真是不可思議，甚至能說是超脫日常。

居然能跟橘同學待在同一個屋簷下——

現在我鑽進了客廳的被爐裡，晚秋的被爐也別有一番風情。

「要通宵邊聊女孩話題邊玩遊戲嘍！」

我妹一邊這麼說，一邊拿出許久沒用的遊戲機做起準備。

老媽正在廚房心情愉快地哼著歌。
今天的晚餐是她一邊指導橘同學一邊做的。
「我一直很想跟兒子的女朋友一起做這種事，謝謝妳讓我實現夢想。」
橘同學很難為情似的在說著這種話的我媽身旁削著芋頭的皮。
「下次也想跟妳一起去買東西呢。」
「好的……」
橘同學回答時的語氣顯得有些複雜，是因為對自己時間限定女友的身分感到愧疚吧。不過，她看起來似乎很想去。
「也得幫司郎的服裝想點辦法才行，畢竟跟穿那樣的人去約會很沒面子對吧？」
「說得也是呢，我也希望他能打扮得稍微時尚一點。」
「他就是品味不好，沒品味啦。」
「畢竟司郎認為不趕流行才叫時髦，是個彆扭的人嘛。」
她們拿我當話題開心地聊著天。
老媽不認識早坂同學所以語氣十分悠閒。
另一方面，我妹跟兩個人都見過了面，因此完全掌握了情況。
「老妹啊。」
我向正努力準備遊戲的妹妹搭了話。
「妳覺得橘同學和早坂同學她們兩個怎麼樣？」

「無論誰配給哥哥都很浪費呢。」

「那妳有比較希望誰當哥哥的女朋友嗎？」

「嗚哇，因為自己做不出選擇就想交給妹妹來選嗎？糟透了！這個渣男！」

雖然嘴上這麼說，但替哥哥著想的她依然發出「嗯～嗯～」的聲音思索著。

「果然選不出來啦。硬要說的話，我希望兩個人都能當我的大嫂。」

「真貪心耶，妳無庸置疑是我的妹妹。」

就在我們聊著這種事情的時候，剛洗好澡身上還有點濕的橘同學回到了客廳。

她身上穿著我的襯衫。這是因為她四肢修長，老媽跟妹妹的衣服尺寸都不合的緣故。

「橘姊，來玩吧！」

「嗯。」

橘同學瞬間看了我一眼，但立刻就別開了視線。自從那一巴掌以後，她就沒再跟我說過話了，感覺非常生氣。

「哥哥很礙事耶，走開走開。」

我乖乖讓出被爐的位置，返回自己房間。

接著躺在床上，開始讀起還沒看完的國外推理小說，度過了一個跟平時沒兩樣的夜晚。明明難得跟橘同學在同一個屋簷下，但她完全被老媽跟妹妹給搶走了。但是，從我不久前做的事來看，會這樣也沒辦法。

翻到一半我逐漸有了睡意，迷迷糊糊地打了個盹，接著一陣敲門聲使我清醒了過來。

「請進。」

走進來的人是橘同學。

「妳不是在跟我妹玩嗎？」

「她去洗澡了。」

橘同學一副欲言又止的模樣，露出有些不滿的表情站在原地。

「怎麼了？」

「沒什麼……」

她邊說邊把鼻子湊近自己的肩膀，深深地吸了口氣。

「不，就說襯衫上不會有我的氣味，只有柔軟精的香氣而已。」

「司郎還是老樣子很無趣呢。」

橘同學這麼說著，伸手拿起放在桌上的褐色紙袋。

是早坂同學留下來的保險套。

「這個要怎麼用？」

橘同學用拿著的手機調查保險套的使用方式跟用途。當然，也開始搜尋了起那方面的行為。戀愛新手至此又朝向大人的階梯邁進了一步。

她大概是想透過影片確認究竟是怎樣的行為吧。

手機上開始傳出女人的呻吟聲。

接下來的一段時間內，橘同學都目不轉睛地盯著螢幕。

「橘同學，妳流鼻血了。」

「……嗯。」

結果，她從頭到尾仔細地看完了那個行為。

頭上冒著熱氣的橘同學這麼開了口：

「不是……這個……雖然我隱約知道是比接吻更進一步的事……」

「比較刺激的少女漫畫裡也會有這種描寫吧？」

「我只看比較畫風比較可愛的！」

滿臉通紅的她罕見地提高了音量。

「難以置信……你剛剛竟然想跟早坂同學做這種事……」

「嗯。」

「我之前還被早坂同學炫耀過，她說自己跟司郎有過親密的行為。」

「我們沒有做到最後……今天也一樣就是了……」

橘同學一個接一個地閱覽起下流的影片。她站在原地，用手指迅速地點開影片，視線不斷飄移，雙腳不停摩擦著。

「之、之前跟司郎玩應用篇的遊戲抱在一起時，我、我會挺腰才不是因為意識到這種事情喔！只、只是身體擅自變成那樣而已！」

「就我個人而言，這樣也沒什麼不好——」

聽我這麼說，橘同學將手機扔了過來。

看來好像別隨便提到這件事比較好。

「這、這個……是成年才能做的事吧。」

橘同學明顯感到動搖。

「我雖然喜歡司郎，但這個有點……我還沒有，做好心理準備……」

「這樣就好了。」

「才不好呢。雖然我因為害羞而做不到，但是司郎打算跟早坂同學做那種事對吧？那樣的話……抱歉，我自己也無法好好說明這種心情是怎麼回事。」

橘同學像在沉思似的皺起眉頭。

「我實在不想承認，自己內心居然會產生這種想法。」

她將保險套放回紙袋裡，接著深深地吸了口氣——

「吶，司郎，我們果然還是——」

「幹嘛？」

「一起去參加後夜祭的最佳情侶競賽吧。」

「怎麼突然說這個？」

這件事應該在之前玩《戀愛筆記》的遊戲時就已經決定了。

「對不起。」橘同學開口道。

「我想要留下跟司郎正式交往過的回憶。」

「橘同學……」

「想要一次任性。」

「可是，再怎麼說，我跟橘同學一起去參加最佳情侶競賽也不太妙吧。」

「只要當成密室逃脫遊戲的獎品就行了，畢竟這是企畫的一環，而且我會扮成鬼，是去搞笑的。」

蒙混得過去嗎？

就算是在祭典上，柳學長跟早坂同學還是會看出些端倪吧。

「我啊，就算只有一次也好，還是想正大光明地當司郎的女朋友。如果能在文化祭的舞台上做出像女友的行為那一定很棒。總覺得只要有這段回憶，即使司郎和早坂同學做出那種下流的行為，我也能夠忍耐。」

「不，可是……」

「已經決定了。」橘同學這麼說著。

「我會去當獎品。要是司郎你不肯來，那我就跟某個來路不明的男生一起參加。司郎覺得這樣也無所謂嗎？」

「一點都不好。」

我能理解橘同學至少想留下一次情侶間回憶的心情。

如果地點是在文化祭的舞台上，也能留下深刻的印象。但要是做了這種事，總覺得早坂同學會壞掉，更重要的是，也很難跟柳學長交代。

「我明白了，橘同學，既然妳都這麼說了——」

我從桌子抽屜裡拿出了一本筆記本。

這是收錄了許多能增進男女感情遊戲的，《戀愛筆記》的禁書。

「再跟我用遊戲一決勝負吧。要是我贏了，橘同學就要放棄參加比賽。而如果橘同學贏了，我就去參加最佳情侶競賽。」

聽到這項提議，橘同學先是將手放在下巴上思索了一會兒，接著說了：「可以啊。」

「要是我贏了，你一定要跟我一起站在舞台上喔。」

「我知道了。」

「那麼，要玩什麼遊戲？」

見她這麼問，我翻開書頁開始挑選遊戲。

「這個怎麼樣？不道德ＲＰＧ。」

當然，這並不是一般人想像中的那種ＲＰＧ。

橘同學看了一眼筆記，接著回答：「玩這個就行了。」

「那個，雖然我因為害羞做不了太直接的行為，但如果是玩遊戲的話，就能拿來當作藉口……」

這不就表示橘同學比起決勝負，其實只是想要卿卿我我而已嗎？

但無論如何——

「總之先玩玩看吧。」

「試試看吧。」

不道德的角色扮演遊戲。

我們就這樣玩了起來。

RPG的直譯為Role Playing Game（角色扮演遊戲）。

大多數人會聯想到的RPG，也是因為操縱在奇幻世界裡被賦予勇者職責的角色來進行遊玩才被這麼稱呼的。那麼——

收錄在《戀愛筆記》上的『不道德RPG』正如其名，是由男女分別扮演不同角色來玩的遊戲，也就是扮家家酒。

雖然考慮過執事和大小姐，女僕和主人之類的設定，不過根據筆記上的說法，這款遊戲的訣竅就是扮演的角色愈是不道德，氣氛就會愈熱烈。

「害羞到演不下去的人就算輸了。」

「畢竟在扮家家酒中恢復理智很掃興嘛。」

假設我扮演執事，橘同學飾演大小姐時，我要是不稱呼她「大小姐」而是「橘同學」的話，就是我輸了。

「那麼，該怎麼分配角色呢？」

如果設定成執事或女僕，因為形象固定，演起來大概也很輕鬆。但這麼一來感覺將會難以分出勝負。

「飾演有悖德感的角色就行了吧？」

「話是這麼沒錯──」

我們提出了幾個方案，像是老闆和祕書、少年和大姊姊、教練跟選手，以及女王陛下和間諜……

但是無論哪個都覺得不太適合，正當我想著該怎麼辦的時候──

橘同學的視線注視著桌子，那裡放著一個狗的項圈。這是我打算等家裡的柴犬小光長大後，帶牠去散步準備的。

「橘同學，難不成……」

「決定了呢。」

「就這樣吧。」橘同學這麼說著。

「狗和主人。」

我默默吞了口水。

橘同學果然是天才。這個絕對會發生不得了的事，我有這種預感。

「那麼……由誰來當狗呢？」

「我。」

「不，再怎麼說這也太不好意思了。」

「之前司郎都舔過我的腳了，所以這次由我來扮演狗。」

她說穿襯衫氣氛不對，隨即走出了房間。

等到回來之後，橘同學已經換上了制服。

雖然不曉得她是指哪種氣氛，但總而言之就是這麼回事吧。

只見橘同學主動戴起項圈，我則是在上面繫了繩子。

造就了一幅我牽著戴項圈的女高中生的驚人畫面。

「首先稍微小試一下吧。」

「說得也是，先簡單玩玩看吧。」

我小心翼翼地牽著繩子在房間裡繞了一圈，橘同學整個人四肢著地，像隻小狗一樣跟在我身後爬行，感覺好像有什麼東西要覺醒了。

她那有些害羞的表情也十分不錯。

接下來我坐在床上對她說：

「坐下。」

但是橘同學卻依舊四肢著地，鼻子哼了一聲別過頭去。

「橘同學？」

她沒有回應，而是用那個姿勢朝我撲了過來。我被壓倒在床上，她趁勢騎到我身上，接著用像是狗前腳般縮成球狀的手不斷地推著我的臉。

「喂、我說！」

「因為我是隻壞狗狗。」

她依然用手推個不停，使我像個被大型犬撲倒，哭著設法翻身的小孩子一樣。

「給我乖乖聽話！」

「不要。」

橘同學一邊這麼說，一邊一口咬住了我的脖子。

位置正是早坂同學蓋過吻痕的地方。

「痛痛痛痛痛痛！」

她並不是輕咬，而是認真會滲血留下齒痕的咬法。

「真是隻壞狗狗。」

「沒錯。」橘同學這麼說著。

「因為我是隻壞狗狗，所以要好好打我、罵我、管教我喔。這麼一來，我就會變成一隻對主人百依百順的乖狗狗。」

這麼說著的橘同學眼神顯得有些寂寞，感覺就像是期待著什麼。

我很清楚，我們現在正踩在界線上。我和橘同學之間的關係，正要成為真正的飼主和狗。

「要是不快點動手的話，我就要變成一隻任性愛咬人的狗了喔。」

此時橘同學還打算咬我的脖子。

實在沒辦法，我基於無奈——終於跨過了那條線。

「聽話！」

我一邊這麼說，一邊拍打她的屁股。橘同學的身體微微地顫抖了一下。

「汪。」

橘同學發出了嬌膩的叫聲。

即使如此，她依然用鼻子拚命在我脖子附近嗅個不停，所以我又打了一下。

「汪。」

橘同學再次叫了一聲，臉上泛起了紅暈。

「狗光里是想把狗早坂的味道蓋掉對吧？」

「汪、汪！」

「我明白妳的心情，但不可以傷害主人吧？」

為了好好進行教育，我繼續拍打橘同學的屁股。她再次發出了嬌膩的叫聲。這個聲音令我感到興奮，又一次揮下手掌。橘同學也再次發出參雜喜悅的聲音叫了出來。

她已經不再是女高中生，而是一隻壞狗狗。

因此我不停打著她的屁股，每當我這麼做，橘同學的臉頰就會變得紅潤，呼吸逐漸凌亂，會覺得「汪」的叫聲像是「啊」或是「啊嗯」之類的甜蜜呻吟聲大概是我的錯覺吧。

然後——

「咕嗯。」

被管教完畢的橘同學開始不停地舔著我剛剛被她咬過的脖子。

「妳之前也搧了主人耳光吧，那也是不對的喔。」

「咕嗚咕嗚。」

接著她像是在表達歉意似的，舔起我因為剛剛的巴掌綻裂的嘴角。

「抱歉打了這麼多下。」

我抱住橘同學這麼說著。

「別再做壞事了喔。」

「汪！汪！」

被我抱在懷裡的橘同學像是在搖尾巴一樣，全身開心地顫抖著。

真是一隻可愛的母狗。

「很好很好，變成乖孩子了呢。」

我撫摸著橘同學的頭，她很高興似的「汪、汪！」叫了幾聲，感覺非常入戲。另外，這是為什麼呢，明明知道這樣是不行的——卻覺得很棒。

「那麼，差不多該正式開始了。」

「汪！」

「先恢復正常的人就算輸嘍。」

「汪！」

於是狗和主人的不道德ＲＰＧ就此展開。

◇

我再次沿著房間繞了一圈，在地上爬行的狗光里也順從地跟在身後。

接著我坐在椅子上開口：

「坐下。」

這次狗光里老實地坐了下來，看來管教相當成功。

「握手。」

橘同學伸出了縮成球狀的右手。

「換手。」

接著縮成球狀的左手也伸了過來。

「翻肚子！」

橘同學仰躺在地上露出腹部，於是我說著「好乖好乖好乖好乖」撫摸起她的腹部，同時用力搔弄磨蹭著她的頭髮，她很開心地發出了叫聲。

「汪汪！」

接著橘同學撐起身子舔舐著我的臉，我也舔起狗光里的嘴角。曾經有動物愛好者對獅子做出這種行為，臉反而被咬了一口。但光里跟獅子那種愚蠢的動物不同，是隻溫順可愛的母狗，必須好好疼愛她才行。

在互舔、嬉鬧了一會兒之後，我突然想到。

「狗光里啊，妳是不是渴了呢？」

「汪！」

「稍微等一下喔。」

我前往廚房，看了一眼露出困惑表情的老媽，自顧自地挑了個適合讓狗光里喝的淺盤倒進牛奶。回到房間之後，發現她正維持跟剛剛一樣的姿勢等著我。

「從我說等一下之後，妳就一直等到現在嗎？」

「汪！」

「狗光里真是隻乖狗狗！」

「汪汪！」

當我放下盤子之後，狗光里便將嘴湊近喝了起來。我撫摸著她的背部。纖細修長的四肢，漂亮的毛髮，狗光里實在非常美麗，使我心中湧現出一股想讓她更加屬於我的強烈衝動。

即使她已經對我如此親暱了，我仍想進一步占有她。

於是我抱住了狗光里。

「嘴上沾了這麼多牛奶。」

並舔起她的嘴巴周圍，狗光里也很高興似的舔了回來。受到想管教狗光里的衝動驅使，我全身貼了上去，跟狗光里玩在一起。偶爾還能聽見她發出飢渴難耐的叫聲。

但我不能只顧著宣洩自己的情意，身為狗的光里應該也有想做的事情才對。於是我開了口：

「我們去散個步吧。」

「汪！」

「去外面。」

狗光里臉頰有些泛紅，猶豫了一會兒之後，輕輕地「汪」了一聲。

「我去便利商店一趟。」

我這麼對廚房的老媽說完，便悄悄地帶著狗光里出了門。再怎麼說當然是用雙腳行走，不過項圈跟繩子還是好好地拴著。

「附近有座很大的公園，就去那裡吧。」

當我想邁開步伐時，狗光里卻嗅著鼻子朝著相反方向走去。即使我拉住繩子，她依然執著地朝反方向走。

「看來妳又變回壞狗狗了呢。」

我打了一下狗光里的屁股，只見她立刻變得聽話，緊跟著走在我身邊。

她被打的時候看起來有些開心，大概是我的錯覺吧。

「很好很好，乖狗狗。」

我用力地撫摸著狗光里的頸項，她則是很舒服似的瞇起眼睛。

她就是一隻穿著制服，戴著繫有繩子項圈的可愛小狗。

我牽著她走在夜晚的主幹道上。

因為時間很晚，路上沒什麼行人，偶爾會有車輛經過。

我腦中絲毫沒有「要是被人看見的話怎麼辦」的想法，這是因為我是個名副其實的主人，光里也是隻徹頭徹尾的小狗。我們只是在做散步這種理所當然的行為罷了，一點都不需要害羞。

狗光里有點安分，她在家裡雖然很有精神，但一來到外面就畏畏縮縮的，是隻在家一條龍，出外一條蟲的小狗。

每當經過醉漢身邊時，狗光里都會躲到我背後。

「真是個可愛的傢伙。」

我摸了摸狗光里的頭。她很開心地瞇起眼睛，並像是要我多摸一點似的將頭湊了過來。於是直到她滿足為止，我好好摸了她一番。

最後我們來到綜合運動公園。

這裡設有體育館和棒球場，因此白天非常熱鬧，但現在是晚上所以沒什麼人在，只有幾個獨自在慢跑的人而已。

我帶著狗光里穿過樹木茂密的散步步道，來到公園深處的大草坪後，她立刻恢復成四肢著地的姿勢，於是我將繩子解開放她自由。

「來玩球吧。」

「汪！」

我拿出家裡帶來的球隨手一扔，狗光里立刻朝著滾動的球追了過去。但就在即將咬住球的時候，她不解地偏過了頭。

狗光里是一隻嘴巴嬌小，要把漢堡壓扁才能吃得下去的狗。因此她在猶豫了很久之後，用鼻子把球推了回來。挺聰明的嘛。

「很～好，好乖好乖好乖好乖！」

「汪！汪！汪！汪！」

我撫摸著狗光里，給了她一顆巧克力球當作獎勵。她很靈活地舔起我放在手上的巧克力吃了下去。

我一次又一次將球扔出，她則是不斷地將球推了回來。真是不可思議。狗光里明明只是隻狗，四肢著地搖尾巴爬行的模樣看起來卻莫名地煽情。

因為想著這種事情，導致我不小心將球扔得太遠。

「一起去撿回來吧。」

「汪！」

我們踏著草皮走向公園深處，在找到球並將其撿起的時候聽見了人的聲音。仔細一看，發現長椅上有對年輕情侶正抱在一起。他們在發現我們之後，很尷尬似的整理起凌亂的衣服。

此時那位年輕情侶再次看了我們一眼，驚訝地叫了出來。

「那個，該不會是在玩寵物Play吧？」

「真的耶，戴著項圈……而且還穿著制服……」

「大概是讓女孩子像那樣四肢著地，讓她舔各式各樣的地方吧。」

「我朋友有嘗試過，似乎很有快感喔。支配欲和想被支配的欲望會不斷湧現出來。據說主人會想要投注滿滿的愛意，演狗的一方則會變得想要服從，似乎很能炒熱情趣喔。」

「你還真了解耶，該不會是有玩過吧？」

「怎麼可能玩過啊。不過，我們也來玩吧？」

年輕情侶這麼說完就快步離開了。

寵物Play？真是的，真受不了那些出現在夜晚公園的不健全情侶。

我只是作為主人帶狗出來散步，作為愛狗人士灌注自己滿滿的愛意而已。有史以來，人和狗跨越種族隔閡締結友誼的美麗模樣都是如此。要是被拿來跟寵物Play那種莫名其妙的事情相提並論我也很困擾。

我跟狗光里的關係只是純粹的主人和狗而已。

「真是的，那對年輕情侶到底在說什麼，我看他們才是想在這裡做奇怪的事吧！」

「汪汪！」

要是有人認為我打算讓穿制服的女孩子戴上項圈做些下流的事，那個人的內心肯定很骯髒。話說回來——

「狗光里會想要被我控制嗎？」

為了以防萬一，我這麼問道。萬一狗光里心中有剛剛那對男女所說的這種願望，那麼我就必須盡全力去滿足她，這就是所謂的主人。

「…………汪。」

雖然害羞，狗光里依然表示肯定。

「想被拍打責罵，好好管教一番嗎？」

「汪。」

「想任由主人隨意擺布嗎？」

「汪！」

「我對妳做什麼都無所謂？就算被我狠狠玩弄一番也沒關係？」

「汪！汪！汪！」

「翻肚子！」

狗光里滿臉通紅地翻身露出肚子，她的眼神中莫名地充滿期待。這不就是真的徹底任我擺布嗎，妳這、妳這——

「妳這色狗！」

有那種想法的我將整個身體壓在橘同學身上制住了她。

我的腦袋早已失常，變得無法分辨被自己壓在下方的究竟是對主人絕對服從的可愛小狗，還是戴著項圈的橘同學，實在難以區分。

但我還是順著衝動抓住狗光里的雙手，將腳伸進她的大腿之間。

狗光里不安地發出「咕嗚」的叫聲，但也只能維持著那個姿勢。從交疊的身體能感受到她那因為期待而加速的心跳聲，她眼裡沒有神采，很明顯也失去了理智。

首先我粗魯地將舌頭伸進狗光里的嘴裡，從齒縫到喉嚨深處舔了個遍。她雖然呼吸困難似的扭動身體，卻還是露出恍惚的表情，吁吁地喘著氣。

「得好好管教妳才行。」

我將狗光里對我做過的事情如法炮製地回敬了一番，而且動作更加粗魯。像是將舌頭伸進她的耳朵，或是在她脖子上留下吻痕。每當我這麼做，狗光里都會稍微作出抵抗的動作，但我很清楚她隱藏在煩惱表情底下的喜悅。

我想隨心所欲地擺布狗光里，她也想任我上下其手。但我想更進一步地將她占為己有，她也希望自己能更加地屬於我。

察覺到這個想法，我在伸進她雙腿之間的腳上稍微使勁，接著用手緊緊抓住了她的臉。

「我會好好疼愛妳的。」

「汪、汪——」

「狗不應該穿衣服吧。」

我解開橘同學的領結，以及襯衫上的鈕釦。她的呼吸變得凌亂，肌膚也裸露了出來。我朝橘同學漂亮的白皙鎖骨舔了一口，她隨即難受地叫了一聲「汪」。我繼續解開她襯衫上的鈕釦，也將裙襬掀了起來。白皙的大腿一覽無遺，橘同學害羞地扭動身子，但由於大腿之間被我的腳抵住，因此她無處可逃。

今晚她沒穿女用背心，而是穿著淡藍色的內衣，掙扎的模樣十分美麗。

「汪、汪。」

不知道是想掩飾害羞，還是身為狗的本能，橘同學開始舔起我來。她將舌頭伸進我嘴裡，熱情地纏住我的舌頭，吸了幾口之後又開始舔起我的脖子。這時她好像想到了什麼，對留下吻痕的地方輕咬了一下，看來是對狗早坂留下的味道非常不滿，還發出了「咕呶呶呶」的低吟，於是我——

「乖乖聽話！」

橘同學此時呈現上仰的姿勢，我往她屁股的側面拍了一下，接著她瞬間挺起了腰。

由於橘同學挺起腰桿的緣故，看起來就像是她在用自己的腰磨蹭我伸進她雙腿之間的那隻腳一樣。

「汪……啊、嗯！」

橘同學發出了非常甜膩的叫聲。

「要是不乖就會這樣。」

我又打了她一下。

「啊、啊啊！」

橘同學發出甜膩的叫聲，再次挺腰貼在我的腳上，她的雙眼已經沒了神采。

看起來完全失去了理智。

橘同學相當感性，換句話說，她的感覺十分敏銳。而這不僅限於內心或觀察力，就連肌膚等各方面的感覺器官也相當敏感，因此光是被輕輕打一下，她也能感受到一般人無法體會的感覺。

「咕嗚、咕嗚。」

在我停手之後，她再次輕輕地咬住我的脖子。簡直就像是還想被打一樣——

「妳還想再被打嗎？」

「……汪。」

見她害羞地表示同意，我一次又一次地拍打橘同學，不斷讓她發出甜膩的叫聲，挺起腰桿磨蹭著我的腳，不斷重複。

橘同學的制服變得更加凌亂，叫聲幾乎已經變成了嬌喘。

「汪、汪……不、不行，司郎……我、變得好奇怪……汪、汪、不行……」

她的腰高高仰起。

要是感覺敏銳又異常敏感的橘同學那些地方被直接觸碰的話會怎麼樣呢？受到想看她那副模樣的心情驅使，我將手伸向她的胸衣和內褲。

「啊……不要……不行、不可以，司郎，那裡是……」

橘同學抓住了我的手，似乎是終於忍不住了。

不過，就算到了這時候，她的腰依然很有節奏地不停磨蹭著我的腳，簡直就像習慣了被打之後的動作一樣。

「咦？為什麼……不、不是的，那個……我才沒有，想學影片的動作，是身體擅自……動了起來，討厭……為什麼？咦、不要，啊……」

明明我早就已經停手，橘同學的腰卻依然動個不停。

她磨蹭的速度變得愈來愈快，然後——

「騙人……有什麼要來了……司郎、別看我、好害羞。不要、喜歡、司郎——！」

橘同學大聲地叫了出來，身體大大弓起，不斷顫抖著。

於此同時，就算四周昏暗，還是能明顯看出她的內褲顏色因為沾濕而逐漸改變。

如同小狗一般徹底失控的大小姐，是會讓人腦袋一片空白的刺激光景。

橘同學呈現一副氣喘吁吁，渾身無力的模樣。

「司郎，不能再繼續下去，已經不行了……我變得好奇怪……還不行啦……」

她用微弱的聲音說著，卻依然握住我的手。

「不對，不是不行……雖然我是真心當一隻任由司郎欺負，百依百順的狗，但該說是繼續下去太令人害羞了嗎，我也不像早坂同學那樣已經做好心理準備……等我多學一點之後……」

「是橘同學輸了呢。」

「咦？」

「妳從剛剛開始就一直在說話，沒有扮演狗喔。」

先恢復理智的人就算輸，所以這場不道德RPG是我贏了。

「…………司郎真是狡猾。」

橘同學滿臉通紅，鬧彆扭似的轉過了頭。沒錯，這一切都是名為不道德RPG的遊戲。我只是稍微放空了腦袋，這一切都不是認真的。這是事實。會做出把女孩子當成狗還打她屁股這種事的人，腦袋根本不正常。

如此這般，我一如往常地恢復了冷靜打算回家，但是——

「雖然遊戲已經結束了。」

橘同學用有些鬧彆扭的語氣說著：

「雖然不能做太過頭的事情，但避開那些猥褻的事，稍微擁抱接吻之類應該沒關係吧？」

我們果然還是小孩，只能玩得很淺。

不過——

「如果只有一下下的話，那個、要打我也可以。」

「真的嗎？」

「……………汪。」

◇

當天深夜，我躺在床上想著。

思索關於跟女孩子『做』的事。

這方面的看法因人而異，有的人想在二十歲之前做，有的人只想跟真正喜歡的人做。有的人覺得沒做過的人很遜，也有人認為跟很多人做傷風敗俗。

但大多數人都認為這種行為很特別，我也是其中之一。

成年之後或許會更加隨意地看待這件事，但對於還是十幾歲的我們來說依然意義重大。

總覺得這是用來傳達好感的究極表現，就像是作為男女朋友的證明。

當決定跟早坂同學以備胎身分交往時，我們訂下了只能到接吻為止的規則。

我認為這果然是因為我們彼此都認為這種行為很特別。不過早坂同學現在想要做，甚至不惜跟學校請假，跑去藥局購物做準備。

如果我真的跟早坂同學做了會怎麼樣呢？

要是做了那種行為，可以想見我的感情和人際關係將會產生重大的變化。

那個變化將會十分激烈，我對此感到有些害怕。

那麼，要是跟橘同學做了那檔事會怎麼樣呢？

橘同學是我最喜歡的女孩子。但是，我也跟早坂同學和柳學長有著不同的關聯性，因此對於做完這種行為之後自己身上或許會發生的感情變化，我果然還是會感到害怕。

當我想到這裡，覺得差不多該就寢的時候，門口傳來輕輕的敲門聲。

「你睡了嗎？」

「還沒。」

走進房間的人是橘同學。

從公園回來之後，她原本應該在妹妹的房間睡覺，但卻溜了出來。

「我可以進去嗎？」

「是可以啦。」

「司郎你轉過去。」

橘同學鑽進被窩，跟我背對背靠在一起。

「……暫時別玩那種遊戲了吧。」

「畢竟我們都會立刻失去理智。」

「我不想再讓自己變成那樣了，今晚的事就忘了吧。」

狗和飼主的遊戲結束後，我們好好地反省了一番。

「我可能是在跟早坂同學較勁也說不定。」

橘同學這麼說著。

「到了連我自己都意外的程度，這一點也不像我。」

「真稀奇耶，橘同學明明不是會在意別人的類型。」

「都是因為在衣櫃裡看到了那種場面。」

「……抱歉。」

「因為我發現了。」橘同學這麼說著。

「自己全都是第二名。無論是牽手，還是接吻，早坂同學都搶先了一步。」

「這個……」

「我也想跟司郎一起第一次嘗試某件事。就是因為這種念頭，我才會想做出那種過激的行為。但我似乎還是個小孩，沒能跨越最後的底線。」

「可是——」橘同學繼續開口。

「再這樣下去，就連那個第一次也會被早坂同學給搶走。」

橘同學她不知道。

我跟早坂同學的關係是以橘同學為前提成立的，其實她才是我最喜歡的女孩子。要是知道這個真相，橘同學會怎麼做呢？

但目前我們的關係十分微妙，我沒辦法把這件事告訴她。

而橘同學對這種狀況感受到了壓力。

那個橘同學居然會有壓力。

「我想跟司郎一起逛文化祭。」

「不，在柳學長面前要這麼做很難吧。」

「吶，司郎。」

「幹嘛？」

「我想揍你。」

整個房間鴉雀無聲。考慮到橘同學的心情，會這樣也是當然的。

「那麼，你要跟早坂同學一起逛文化祭嗎？」

「不，我們沒有談過這件事。」

「反正一定會變成那樣。」

「因為司郎很溫柔啊。」橘同學這麼說道。

「算了，你就一直跟早坂同學泡在一起吧。」

橘同學緩緩地下了床。

「我還是去會當密室逃脫的獎品。要是司郎不肯來的話，我就跟最快逃脫的那個人參加最佳情侶大賽，贏下冠軍。」

「不、不是約好剛剛的比賽輸掉的話妳就不會去當獎品嗎？」

「我才不管，因為我已經不想再這樣下去了。」

我也離開床鋪，跟橘同學面對面。

「我該怎麼做才好？」

「跟我一起逛文化祭，參加情侶大賽吧。我想留下回憶，只要這樣就夠了。我不會提出更多要求，之後會好好忍耐，當個乖孩子。」

「我都說了，這件事……我做不到。」

「那麼，就跟我做你還沒跟早坂同學做過的事情吧。那個……就算是色色的事情也所謂。」

「說因為害羞做不到的人是橘同學吧。」

「但是，我不想輸給早坂同學。所以就強迫我做吧。或許我會因為害羞做出抵抗也說不定，但那並不是因為討厭。畢竟我有點喜歡，那個……被強硬對待的……」

橘同學很罕見地失去了冷靜，這大概是因為她有生以來第一次對他人產生競爭意識的緣故吧。再加上還有剛剛扮演狗的後遺症。

「不，說什麼強迫……這種事情還是仔細思考過再做比較……」

「說得也是，司郎就是這種人呢。畢竟剛剛我因為害羞要求住手的時候，司郎露出了鬆了口氣的表情嘛。」

「窩囊廢。」橘同學這麼說著。

「想逃避是無所謂，但你要是肯偶爾鼓起勇氣豁出去的話，我就能當個乖孩子，也不會這麼生氣了——」

結果我還是被她打了一頓。

橘同學用不滿的表情隱藏悲傷，回到了我妹的房間。

第16話　完全青春計畫（Perfect Plan）

「咦？桐島學長自己一個人嗎？」

濱波這麼說著。

「是啊。」

「真是寂寞的文化祭呢。」

文化祭非常熱鬧。在自願參加的樂團、舞團、戲劇社的舞台表演和管樂社的演奏下，祭典的氣氛逐漸被推向高潮，活動期間沒有發生任何事故，以執行委員的身分來看也算非常成功。但是，我卻只能自己一個人逛。

「你不跟早坂學姊一起逛嗎？」

「她正在角色扮演咖啡廳裡穿布偶裝。」

「那麼跟橘學姊一起逛不就好了。」

「她忙著當幽靈呢。」

「……你們吵架了吧。」

「……」

自從在我家起了爭執之後，橘同學跟早坂同學就再也沒跟我說過半句話。

『我已經沒臉跟桐島同學見面了。』

正如早坂同學所說，她一旦遇到我就會立刻逃走。

這一切都是我的錯。畢竟我在那種場面下，在會讓女孩子丟臉的時機點停了下來啊——

早坂同學是因為尷尬逃走，橘同學則是明顯變得十分冷淡。別說是裝作不認識了，她根本連看都不看我一眼。

就算在走廊上向她打招呼，她也只是面無表情地這麼說：

『你是誰？』

看著我的眼神就像是在看陌生人一樣，簡直堪稱絕對零度。

明明原本是隻那麼親近我的小狗……

看來她真的對不能一起逛文化祭的事非常生氣。

於是我就這麼在不被早坂同學和橘同學搭理的情況下，迎來了文化祭的最後一天。

「接下來你打算怎麼辦？」

「等文化祭結束，我想她們兩個就會恢復正常了。」

「畢竟沒了一起逛這個爭執的源頭嘛。不過，這樣治標不治本喔？」

「我會就這麼隱瞞到最後的。」

我打算繼續隱瞞和橘同學的關係，等畢業之後就跟她分手。這麼一來橘同學就能跟柳學長結婚，我也能和早坂同學正式成為情侶。

「我把這個劇本稱作『完全青春計畫（Perfect Plan）』。」

這是個不會傷害到任何人，注重實際狀況的妥協計畫。

「但是那個，是以跟橘同學之間的關係絕對不會被發現作為前提的吧？」

「是啊，要是被發現事情肯定會一發不可收拾。無論是跟學長的關係，還是早坂同學的內心都會變得亂七八糟吧。」

「請你小心點喔，那樣可不會說是修羅場就能帶過了。畢竟桐島學長原本就做了即使被人拿刀捅也不奇怪的事。」

「話說回來——」濱波這麼說著。

「學長就是因為惹那兩個人生氣才會落單的，還真是沒藥救耶。」

「我無話可說。」

「真拿你沒辦法，學長就跟我一起逛吧。」

於是我們就這麼一起逛文化祭。濱波在各方面都很溫柔呢。

有人在校舍的牆壁上用彩色的噴漆畫出了獨特的圖案。

「這就是所謂的塗鴉藝術吧。」

「好像是美術社的人畫的喔。」

「一起拍張照吧。」

「居然這麼興奮，桐島學長真是孩子氣呢。」

我們兩個在塗鴉前一起擺出了勝利手勢。

「也去吃攤位賣的章魚燒吧。」

「這裡也是我們班上開的店耶～」

看在濱波的面子上，我們免費拿到了章魚燒。我用牙籤將章魚燒送到了濱波嘴邊。

「來，濱波，啊～嗯。」

「啊～嗯。嗯……嗯嗯……真好吃～呃，你讓我做了什麼啊！」

濱波將吃完的容器扔進垃圾桶之後開口：

「請別把我當成早坂同學或橘同學的替代品。」

「妳果然會吐槽呢。」

「其實我才不想跟桐島學長一起逛呢！我真正、想一起逛的人是……」

沒錯。

濱波想跟自己的青梅竹馬吉見學弟一起逛文化祭，但是——

「吉見那個笨蛋為了跟橘學姊一起參加情侶競賽，現在正在挑戰密室逃脫遊戲耶！為什麼事情會變成這樣啊！不是告吹了嗎？」

「因為發生了很多事……」

由於同學在鬧脾氣，因此把自己當成了獎品。

可是，吉見學弟真正喜歡的人是濱波，他只是想引起濱波的注意，才會假裝自己喜歡橘同學罷了。

「雖然沒辦法詳細說明，但我想應該不要緊的。」

橘同學也支持濱波跟吉見的戀情，所以應該不會做出破壞兩人感情的事情才對。不過濱波不知道這件事。

「完全不像是不要緊啊！吉見那傢伙一副自信滿滿的樣子，還說自己絕對會第一個逃脫的！」

橘同學大概事先把逃脫遊戲的答案告訴了他。

再這樣下去吉見學弟就會跟橘同學一起參加情侶競賽。就我個人而言，與其看到橘同學和來路不明的男人參加比賽，不如讓她跟明顯有其他心上人的吉見學弟一起參加，我比較能保持冷靜……

「橘學姊這是在等桐島學長過去吧？是在引誘你對吧？」

「應該是吧。」

橘同學想跟我一起站在舞台上創造回憶。

「那請你快點過去吧！」

「但是，這麼一來會被柳學長和早坂同學發現吧。」

「是這樣沒錯，話是這麼說沒錯啦！」

「可是這麼一來我的戀情該怎麼辦啊！」濱波這麼說著。

「我想這件事應該沒問題。」

橘同學應該會點到為止才對。畢竟她也支持濱波的戀愛。更重要的是，她應該沒有氣到光是為了刺激我，就不惜跟吉見同學參加情侶競賽才對。

不對，難不成橘同學真的有這麼生氣？

的確有這個可能。畢竟橘同學躲在衣櫃裡時，我跟早坂同學為所欲為了一番……當我想到這裡的時候，校內的廣播響起。

『一年二班濱波同學，現在請立刻前往視聽教室。』

是找人的廣播。

「是執行委員那邊出了什麼事嗎？」

「我才一離開就出問題了，真拿他們沒辦法。」

濱波這麼說完就打算前往視聽教室，不過她在最後轉過頭來。

「桐島學長，這個、那個……」

「知道了，我會再去要求橘同學別那麼做的。」

「……不好意思，謝謝你。」

濱波朝我低頭行禮之後走進了校舍。

我又變回了一個人。作為執行委員場布的一員，我還有善後收拾的工作要做。因此在文化祭結束前，必須找個地方殺時間才行。

正當我想著該怎麼辦才好的時候。

「桐島！」

有人從背後叫住了我。

回頭一看，是柳學長。

在享受著祭典的人群之中，學長顯得有些格格不入。他的表情十分凝重，身上散發著某種自暴自棄的氛圍，並不像是平時的他。

隨後，他用不符合當下氣氛的語氣開了口。

「……………現在可以稍微聊一下嗎。」

我點了點頭。

我想，自己也跟學長露出了相同的表情。

在充滿祭典氣氛的校舍中，我們從正在經營角色扮演咖啡廳的自己班級門前走過。往教室裡一看，能看見一尊巨大的熊布偶正混在身穿大正風格服裝的女孩子和魔法少女當中接待客人。由於發不出聲音，布偶的脖子上掛著一塊白板，用奇異筆在上面寫字溝通。

「那個是小早坂吧。」

柳學長這麼說，我點了點頭。

早坂同學發現走廊上的我之後，將白板舉到頭上。

『絕　對　別　過　來』。

接著就躲進了教室深處。學長見狀露出了疑惑的表情。

「……………桐島，你做了什麼嗎？」

「發生了很多事不知從何說起，總之就這樣了。」

因為柳學長說想好好聊聊，我們來到了屋頂上。

晚秋的風有股寒意，太陽正逐漸西沉。

「準備考試還順利嗎？」

「嗯，畢竟還算努力。」

學長大學打算去念企管系，這是為了繼承父親公司做準備。他已經仔細考慮好將來的事了，十分成熟。

「不過，我今天是來休息的。」

學長嘴上這麼說，但他的側臉一點都不放鬆。

「桐島你最近狀況如何？」

「沒什麼改變耶，也就是上學、看小說——」

「還有談戀愛，嗎？」

現場氣氛頓時凝固。

我很清楚學長在問什麼。

但我仍繼續裝傻，說出了「感覺像是電影片名呢」這種話。

「上學、看小說、談戀愛——」

「你是指去印度的那個吧。」

「是啊，漂亮女演員的吃飯、祈禱、談戀愛，跟我可不一樣。」（註：電影《Eat Pray Love》是二〇一〇年的美國劇情片，台灣譯為《享受吧！一個人的旅行》。）

雖然我想就此轉移話題，但學長當然不吃這一套。不僅如此，他彷彿是用刀刺穿要害似的直搗核心。

「桐島你啊——」

學長將手扶在欄杆上，抬頭看著天空開了口：

「喜歡橘光里嗎？」

直截了當地說了出來。

自從撞見我跟橘同學牽手的那天開始，學長就一直很在意。

但是在這種微妙的平衡關係下，他也只能刻意裝作不知道。

會在今天問我這個問題，是因為他內心已經忍不下去了。

學長是個很溫柔的人，肯定煩惱了很久。

「………學長為什麼會這麼想？為什麼會覺得我喜歡橘同學。」

「因為換作是我，就會喜歡上她。」

學長斬釘截鐵地說著。雖然口吻跟以往沒什麼不同，但能從中感覺到強烈的意志。

他從一開始就是打算詢問這件事才叫住我的。

「她跟桐島同一個社團對吧？而且不僅興趣相近，在一起的時間也很長。」

「我們感情很好，但也只是這樣。橘同學雖然長得漂亮，但對我有些冷淡。」

「是嗎。」學長筆直地看著我說道。

「那麼，桐島喜歡的人是誰？」

「這個嘛——」

「今天希望你別打馬虎眼。」

學長是認真的。

「應該不是那個叫濱波的女孩吧？」

「……是的。」

不能說謊，我有這種感覺。

「那麼，果然是小早坂嗎？」

「這個……」

「前陣子她還在車站等你，你們在交往嗎？」

這裡說在交往比較保險。

這麼一來就能讓學長放心，我跟橘同學的關係也不會受到懷疑。

但是，要是現在說我在跟早坂同學交往，早坂同學第一順位的戀情就會被我宣告結束。那樣實在太自作主張了，更重要的是，就算早坂同學想要結束這段戀情，也應該由她親自處理。因此我這麼說了。

「我沒跟早坂同學交往。」

接著——

「我們感情很好，但只是把對方當成好朋友，而且早坂同學曾經跟我談過有關戀愛的事。」

我有預感，早坂同學第一順位的戀愛，大概還沒有結束。

學長雖然非常善良，但果然還是個普通人。既然會有跟這次一樣的煩惱，那應該也會跟一般男生思考同樣的事才對。學長並非是個只有爽朗的人，因此我開口詢問：

「學長是怎麼看待早坂同學的呢？」

學長先是沉默了一會兒，然後——

「我也不是笨蛋。」這麼說道。

沒錯，學長不是笨蛋。因此我有種他接下來會說出『你跟小光之間的事我也全都知道了。』的感覺，但事實卻並非如此。

他的表情突然有些害臊，用一副難以啟齒的樣子搔了搔頭，隨後先是說了「雖然自己說這種話有點那個——」之後開了口。

「……小早坂她，對我有意思吧？」

學長果然發現了。

「這方面我莫名地看得出來。畢竟踢室內足球的時候她會幫我遞毛巾，一起做伸展操時還會變得滿臉通紅。別看我這樣，偶爾還是會有女孩子跟我告白的。」

「我想不只『偶爾』吧。」

「的確是。」

「太謙虛也不好呢。」學長這麼說著。

「因為這樣，我還算能看出女孩子對自己有沒有意思。像是『啊，那女孩好像馬上就要跟我告白了』之類的。不過我都會假裝遲鈍蒙混過去就是了。」

他似乎對早坂同學裝得特別遲鈍。

「因為我以為桐島你喜歡小早坂。」

「這樣早坂同學太可憐了。」

「說得也是。」

因為是學弟喜歡的女孩子，所以就算那個女孩子喜歡自己也裝作不知道。

或許有人會覺得很感人，但對那個女孩子來說卻有些殘酷。

「那學長認為早坂同學怎麼樣？」

「我覺得她很可愛，其他女孩子遠遠比不上她。」

不知道是不是文化祭最後一天，加上待在屋頂上的緣故，學長非常老實。

「小早坂不僅非常可愛，性格也很好，像這種女孩子可是很少見的。」

「會想跟她交往嗎？」

「其實我最近偶爾會這麼想。」

「我說——」柳學長開口道。

「大家都認為我是個爽朗的人吧。但我只是嘴上不說，其實內心也會有相當狡猾的想法。」

「例如即使有未婚妻，也會想跟其他女孩子交往。」

「就是這樣。我非常喜歡小光，這是事實。我每天晚上都會想著她的事，可是小光並不喜歡我，對她而言，我只是個家人指定的未婚夫罷了。因此我也有過既然如此，是不是跟小早坂交往比較幸福之類的盤算。」

捨棄自己的單相思，喜歡上愛慕自己的人，這是非常自然的事。尤其當喜歡上自己的人是早坂同學這樣的女孩子更是如此。

究竟該繼續追尋自己喜歡的人，還是去喜歡上愛慕自己的人。前者叫做專情，後者則有點妥協的感覺。

「總覺得我有點不對勁，是因為準備考試太累了。」

「抱歉，把我今天說的事全忘了吧。」學長這麼說道。

「我竟然講出這種懷疑桐島跟小光關係的話，真是蠢斃了。」

學長很丟臉似的露出真心覺得過意不去的表情。

就像在後悔不該講出這種話一樣。

學長果然是個好人，也無法脫離這種形象。

「我認為桐島給小光帶來了正面的影響，她最近看起來很開心，所以請你繼續跟她保持良好關係。就算是未婚夫，我也不想妨礙她的校園生活。她也很積極參與班級活動，狀況似乎挺不錯的。」

「可是再這樣下去，橘同學會跟其他男人參加情侶競賽喔……」

「那只是屬於開玩笑的範疇吧，我並不在意。不過如果對象是桐島的話，我會許會有點芥蒂也說不定——」

學長說到這裡搖了搖頭。

「抱歉，我又說了莫名其妙的話……真糟糕，我有點失常了。」

「不要緊的，我跟橘同學只是普通朋友，也不會去參加情侶競賽。說到底，我連逃脫遊戲都沒有參加呢。」

「說得也是，我不想再說什麼奇怪的話，就先走一步嘍。」

最後學長輕拍了拍我的頭說：

「桐島，我相信你喔。」

這個動作跟國中的時候，學長在運動會上對我做的一樣。我因為跑得很慢，接力賽時沒有任何人看好我，但唯獨學長對我深信不疑，這讓我非常高興。

我獨自在空無一人的屋頂上思索著。

要繼續說謊實在非常累人。我認為謊言會被揭穿，大概都是說謊的人忍不住主動自首的時候吧。

真受不了，我默默地嘆了口氣。而就在這個時候。

我突然發現，在通往校舍的樓梯出入口，有隻巨大的熊布偶正偷偷地朝我的方向看，感覺非常不現實。

熊布偶在忸忸怩怩了一陣子之後，有些害羞地舉起白板。

『我們一起去逛文化祭吧！』

◇

於是我跟穿著布偶裝的早坂同學一起逛起文化祭。

由於文化祭的最後一天也已接近尾聲，除了後夜祭的舞台之外，已經沒有其他像樣的活動了。但她大概是想要留下跟我一起度過文化祭的事實，因此我們漫無目的地在校舍裡散著步。不過——

「——早坂同學，妳差不多該把布偶裝脫下來了吧？」

『今天就保持這樣。』

早坂同學在白板上寫字做出回應。

『畢竟跟桐島同學面對面很害羞嘛……』

看來她這個想法似乎還會持續一陣子，讓女孩子丟臉實在不太好。

要是那時候我好好做到最後，早坂同學或許就不會穿布偶裝，而是在另一種層面上因為害羞不敢跟我面對面，並跟我一起牽著手也說不定。

『而且穿著布偶裝的話，就算兩人獨處也不會傳出奇怪的傳聞了吧？』

「大家都知道裡面是早坂同學了吧。」

『沒問題的，布偶裝是班上的人輪流穿的嘛。』

她大概是想說只要穿著布偶裝，就算被橘同學或柳學長看到也沒關係吧。

太天真了，至少直覺敏銳的橘同學一定會發現。不過，我覺得這樣也無所謂。畢竟前陣子我真的讓早坂同學有了一段悲慘的回憶……

但是這麼一來，考慮到橘同學的心情，我的內心又變得苦澀。她明明也說過想要文化祭的回憶啊……

懷著煩惱的心情，我跟早坂同學逛著即將結束的文化祭。

『一起喝這個吧！』

早坂同學在販賣珍珠奶茶的教室前面停下腳步。

『抱歉，雖然買是買了，但我因為穿著這個喝不了。桐島同學都喝掉吧。』

於是我雙手各拿著一杯珍珠奶茶，交互放進嘴裡邊走邊喝。

「之前是我不好。」

我開口道歉。

「早坂同學非常有魅力。但是，我沒有那個勇氣……」

『沒關係，是我太著急了。像這種事情，應該一步一步慢慢來才對，畢竟我們還是學生嘛。』

現在是隻態就是了。

『強迫你說「比橘同學更喜歡我」這種話真對不起。被要求說這種話，你也很不情願吧。』

「這個……」

『我正在反省，自己真是個討人厭的女孩，還講出了身材比橘同學更好之類的話……』

據她所說，這句話也是謊言。

『橘同學是個穿衣顯瘦的人喔。健康檢查我們是一起做的，所以我知道。說不定，她比我還要大呢……』

「是這樣嗎？」

『桐島同學，你表情色瞇瞇的。』

「沒有，別亂講。」

『沒關係的，畢竟橘同學很有魅力嘛。吶，你說說看「橘同學的胸部豐滿美麗」這句話。』

「妳提出了不得了的要求耶。」

『說說看嘛。』

她用熊腳踢了我的小腿，基於無奈我只好說了出來。

「橘同學的胸部豐滿美麗。」

『比我的還豐滿漂亮。』

「比早坂同學的還豐滿漂亮。」

讓我講出這種話，這隻熊卻陷入了沉默，或許她正在布偶裝裡哭泣也說不定。

「早坂同學，玩這種彆扭的遊戲不太好喔。」

聽我這麼說，熊隨即匆匆忙忙地指著對面不遠處的教室。仔細一看，一年級的班級似乎正在開設占卜店。

『我們去請他們做緣分占卜吧！』

早坂同學突然變得很有精神，她的情緒真讓人擔心。

熊布偶快步走進了教室。真不愧是占卜主題店，店裡分為塔羅牌或水晶等各式各樣的區域。早坂同學似乎是想做正式一點的占卜，朝著傳統的看手相面相那塊區域走了過去。

『請幫我們占卜緣分。』

擔任占卜師的女學生在見到熊布偶之後臉上露出苦笑，就像是在說「遇到了麻煩的客人呢」。

「真是一雙碩大又軟綿綿的手呢～」

女孩摸著熊的手掌這麼說著。

「長相也很顯眼呢。」

隨後盯著熊的臉這麼說。

『我們的緣分怎麼樣？』

最後自暴自棄地說道。

「非、非常完美！」

『很好！』

早坂同學用力握緊拳頭。

「那只是妳逼她說的吧，無論手相還是長相她絕對都沒在看！」

之後我們前往操場，參加了足球社舉辦的踢球九宮格。

早坂同學踢出的球準確地穿過了中間的板子。

我在跟她擊掌的同時想著。

早坂同學這麼笨拙，不是個能穿著布偶裝踢球的人。而她現在能辦得到，是因為跟柳學長一起踢室內足球的緣故，早坂同學學會了學長細心指導的踢球方式。

這讓我有點嫉妒。

『小早坂喜歡我吧？』

這是學長表現出來，令人意外的一面。

他說自己也想過要跟早坂同學交往。實際上，只要學長有那個意思就能成真，早坂同學應該也會很高興吧。

但是當學長說起自己跟早坂同學之間的可能性時，我萌生了這個想法。

——不想把早坂同學讓出去。

無論是她親近我的內心，還是會主動貼近我的身體，我都想要獨占。

我認真地這麼想著。

實在難以控制，我控制不了自己的內心。明明我是處在必須支持早坂同學第一順位戀情的立場，也有橘同學這個最喜歡的人在——

但是，我想喜歡上一個人就是這麼一回事吧。

我也能像電影或電視劇一樣，只擷取出冠冕堂皇的情感和愉快的場景。

不過，像這樣抱持著自私的骯髒想法，也是一種真實的戀愛情感吧。

因為不想把早坂同學交出去，我忍不住握住了她藏在布偶裝底下的手。

她雖然瞬間嚇了一跳，但立刻就回握住我的手，並跳著將身體貼近。巨大的熊頭套撞上來，使我往後倒了下去。

『對不起！』

布偶裝裡傳出了「呼──！呼──！」的聲音。

「沒事，我不要緊。」

我拉著她的手站起身，就在這個時候，四周突然變得喧鬧了起來。操場的擋球網附近傳來了歡呼聲，人潮也開始聚集。

那裡是文化祭最後的收尾，後夜祭的主要節目。

已經有幾組參加情侶大賽的學生走上了舞台。這就像是全校公認，見到認識的男女正大光明地表現出正在交往的樣子出場，無論何時都會引起轟動。

在那些男女之中，也能看見吉見同學和女幽靈的身影。他們跟參賽的兩男組合一樣，幾乎就是來搞笑的。但是──

「那個該怎麼辦才好呢。」

我向早坂同學說明了吉見學弟和濱波的事。

聽完之後她氣勢洶洶地舉起白板。

『去阻止他們吧。』

「咦？」

『我們也參加比賽，去阻止他們兩個奪冠吧。』

確實，萬一吉見學弟和橘同學奪冠的話就麻煩了。不僅有結婚的迷信在，要是他們兩個在舞台上接吻的話，濱波會哭出來的。

「話雖如此，我跟早坂同學一起參加不太好吧？」

『不要緊，我身上是布偶裝呢。』

「而且──」早坂同學繼續在白板上寫著。

『桐島同學也不希望橘同學得到冠軍吧？』

確實如此，就算是在開玩笑，萬一橘同學跟就這樣冒出來的吉見學弟出了什麼事，我可受不了。

「但是，這場比賽能中途報名嗎？」

『我早料到會這樣所以就先報名了！我可是熊呢！』

「準備真是周到。」

我腦中浮現早坂同學在布偶裝裡露出笑容的表情。算了，就這麼辦。

雖然感覺自己徹底被早坂同學牽著鼻子走，但既然這樣了也沒辦法。

我一邊想著這種事，一邊和早坂同學一起走向舞台。途中我看見柳學長和三年級朋友待在一起的身影，是打算觀看比賽吧。

我想他應該已經發現布偶裝裡的人是早坂同學了。

不過，還是比被他看見我跟橘同學一起參加要來得好。要是那麼做的話，我們四人的關係將會變得一塌糊塗。

話說回來，我真是個笨蛋。

明明我已經放棄和橘同學在一起的未來，卻還是會在意結婚的迷信。

第17話 來共享吧

最佳情侶競賽是一場決定全校最恩愛情侶的比賽。

情侶必須分組挑戰各式各樣的題目。有的情侶能夠展示彼此深厚的感情，相反地，也有忘記對方生日而大吵一架的情侶，因此每年都非常熱鬧。

今年參加的情侶有八組。

我牽著熊布偶裝的手登上舞台。

早坂同學跟我，還有吉見學弟跟扮演幽靈的橘同學是負責搞笑的。

雖然光是有早坂同學和橘同學就很有報導價值了，但熊布偶身分不明，橘同學也將黑髮垂在面前將臉擋住，看起來一點都沒有美女氣質。

這麼一來，觀眾的目光果然都會被那些真正的情侶吸引。見到舞台上的男女表現出平時不會呈現在其他同學面前的戀人行徑，有的人因為那酸甜的氣息而痛苦不堪，有的人則是開口調侃。

其他校內引人注目的女孩子也參賽了。

舉例來說，像是某個因為破壞了輕音社而出名的一年級女孩。

她綁著雙馬尾，是俗稱心機女的那種類型。她會設法讓男人迷上自己，有無數樂團的主唱和吉他手圍繞著她起了爭執因此導致解散。現在她正和一個三年級的學長站在舞台上，有不少人都用彷佛說著「總算是收心了嗎？不對，那個女孩不可能因為一個男人得到滿足，搞不好就算在舞台上分手也不奇怪。」的鄙棄眼神看著她。

也有一對出人意料的情侶。

是一個樸素的男生跟打扮花俏的女孩子。

當他們走上舞台的瞬間，台下傳出了「咦？你們在交往嗎？」這樣的聲音。

女孩不僅頭髮染了好幾種顏色，裙襬也非常短。男生看起來一本正經，一副跟戀愛無緣的模樣。這搞不好是花俏的女孩子對樸素男生意外地溫柔這個假設的實際例子，又或許別看男生那樣，其實是他主動進攻的也說不定。無論是哪一種，光是看著他們就覺得心中有股暖意。

這麼看來，每個人都有各自獨特的戀愛方式呢，我是這麼想的。

想到這裡，文化祭的執行委員長將擴音器拿到嘴邊，宣布最佳情侶競賽正式開始。台下頓時響起一片熱烈的掌聲。

「首先是慣例的，契合度測驗問答！」

這個項目是用作答板來作答。

舞台的桌子上事先準備了作答板跟筆。出題之後，只要兩人寫出的答案一致就能得到一分。

擔任司儀的執行委員長大聲說著。

「那麼第一題，兩位回憶最深的地方是？」

從第一題就相當困難。因為我跟早坂同學兩人去過不少地方，可能一致的答案選項很多。

「請公布答案！」

我在計時到了之後翻開作答板，上面寫的是——

『學校』。

我因為不知道該選哪裡才好，最後選了這個答案。

順帶一提，早坂同學寫的是——

『箱根溫泉』。

就算那是推理社的集訓而且也有其他人在，但仔細想想那確實是我們第一次在外面過夜。

可以感覺到來自布偶裝底下的冷淡視線。

「不，我想了很多，但畢竟在一起時間最長是在學校嘛，我是這樣想的……就……總之，抱歉。」

我想也是，女生總是會把第一次旅行等類似紀念日的日子看得很重要，沒能對上答案是我不好。不，但是這題很困難吧。

實際上也有不少組別答案不一樣。

不過也有組別答案完全一致。

就是橘同學和吉見學弟，他們兩個回憶最深的地方是——

『井裡面』。

那只是在扮演幽靈角色吧。

在那之後橘同學跟吉見學弟也不斷使用幽靈當梗做出正確回答，不僅如此——

「比較想養狗還是養貓？」「夏天比較想去山上還是海邊？」

連這種普通的契合度問題答案也一模一樣。

吉見學弟跟橘同學該不會其實很合得來吧？

同時也因為再這樣下去他們真的會奪冠，讓我產生了「橘同學是認真的嗎？」的想法。

另一方面，我跟早坂同學則是慘不忍睹。

我們比以前更加了解對方，但由於我想配合早坂同學的答案，而她也做出迎合我的回答，因此漂亮的錯開了。

「喜歡的漫畫雜誌是？」

關於我跟濱波想出的這個問題，我回答了早坂同學有在看的「JUMP」，但她卻回答了我愛看的「SPIRITS」。

明明彼此都在替對方著想，事情卻一直像是扣錯鈕釦般無法順利進行，這正是我們現在的寫照。

「桐島跟那隻熊，契合度真的很差耶。」

觀眾席傳來了這種聲音，大概是討厭被人以為我們契合度不好吧，穿著熊布偶裝的早坂同學向我舉起白板。

『生氣。』

她不斷揮舞手臂，指著吉見學弟和橘同學那一組的方向，似乎是不想輸給他們。

情況變得混亂。

「那麼下一個項目是，心動告白場景！」

這個項目不是問答形式，而是由評審評分的方式來進行審查。

擔任評審的是各個社團的社長，他們對於戀愛應該沒有什麼特別的看法，但總之是由他們進行判定。

「這個項目要請各個組別重現告白時的場景，只要能觸動評審的內心就能得到加分。因為我們只是想看酸酸甜甜讓人心跳加速的場景而已，所以也可以用創作的！」

司儀的說明結束後，各個組別依序開始表演。

其中那個參加輕音社，把人際關係搞得一團糟的女生的告白場景堪稱一絕。

讓人意外的是，似乎是由女方主動告白的。

那是由她擔任主唱的樂團在一間小型演奏廳表演時發生的事。由於是業餘樂團，客人也都是學校的相關人士。

女孩在唱歌時就看中了當時在觀眾席上，目前正在交往的三年級男生。雖然他們一句話也沒說過，硬要說的話對方的外表也不算出眾，但女孩似乎依舊覺得非他莫屬。

於是她在唱完一首歌之後，就指著那個男生這麼說了。

「我、我、我、我要跟這個人交往！」

當表演結束後，觀眾反應非常熱烈。

真是非常有戲劇性。

擔任賽評的學生會長牧在評論席上做出了類似評論家的解釋。

「很不錯呢。沒有確認對方的意思就斷言要跟對方交往是這個場景的重點。這樣不僅很有偶像風範，也很符合女方受歡迎的形象，但要說是傲慢又並非如此。她會『我、我、我』結結巴巴地急著做出告白，這是不想讓對方被任何人搶走的表現，可說是非常惹人憐愛。嗯，我很滿足。」

之後輪到了吉見學弟和橘同學這一組。由於他們沒在交往，因此得編造一個告白場景。

我抱著「他們會怎麼做呢？」的想法守望著兩人。

吉見學弟盯著橘同學看了一會兒，之後說了句：「果然還是不行。」

這也難怪，對方的外表完全就是從恐怖電影跑出來的，當然不可能開口告白。我是這麼想，但吉見學弟無法告白是因為其他理由。

「抱歉掃了大家的興，不過我有其他真正喜歡的女孩子，所以就算是開玩笑，我也不能對那傢伙以外的人告白——」

吉見學弟先是朝著觀眾席道歉，然後繼續開口：

「我這個人很容易害羞，雖然經常跟那位喜歡的女孩子待在一起，卻一直沒能表達自己的心意。這個情況已經十年了，我甚至還會反過來裝作沒那個意思，實在很蠢對吧。但站上這個舞台，見到大家認真地對待自己的心意之後，我也覺得必須把話說清楚才行。」

隨後吉見學弟搔搔頭望向操場上的觀眾，對應該身在其中的某個女孩子開了口：

「等這場比賽結束後，我會把自己十年以來說不出口的話說出來。」

「真是棒極了。」牧邊說邊做出了評論。

「他說不出口的話，大概就是那非常簡單的四個字吧。而由於講出來太不識趣，內容我就賣個關子了。這是個一般人能夠輕易說出來的話，但他卻說不出口。原因恐怕是因為跟對方十分親近，雖然彼此會針鋒相對，內心深處卻又藏著重視對方的心情吧。哎呀，感覺真棒，多謝招待。」

最後輪到我跟早坂同學。

『用編的就行了。』

早坂同學舉起了白板，這麼做也比較適合。畢竟也不可能在這種情況下，重現以「備胎」作為關鍵字，我們實際上經歷過的不健全告白場景。

因為是即興創作沒有時間構思情境，那麼說起如何做出讓人印象深刻的告白，就只能靠口頭說出充滿戲劇性的句子了。

我在舞台上跟早坂同學面對面，看準時機開了口：

「我像喜歡春天的熊一樣喜歡妳。」（註：出自村上春樹的小說《挪威的森林》。）

這是我使盡全力，充滿文學氣息的告白。我從國中開始就想著總有一天要用這個句子告白，沒想到能在這個舞台上使用，但是——

咦？這個氣氛是怎麼回事？

總覺得會場好像變安靜了，這是為什麼？

大家都露出一副「簡直莫名其妙耶？」的表情。

喂，剛剛的熱情都上哪去啦？

「哎～呀，這可不行啊。」

牧一邊嘆氣一邊做出評論。

「我想大家大概都一頭霧水，但他的告白其實是模仿了某部文學作品的台詞。簡單來說，就是把自己中意的台詞說給女孩子聽這種充滿自我意識的產物。由於這句話在作品中看來既時髦又幽默，他就直接搬到現實來用了。哎呀，我能理解他這麼做的心情。我在國中的時候也會在半夜一時興起冒出這種妄想，但現在看到有人這麼做，連我也會因為共感性羞恥而感到丟臉呢，癢死了癢死了。」

真是的。

看樣子似乎是搞砸了。不過我從以前在這方面就一直是這種傾向，事到如今再抱怨也無濟於事。比起這個，我現在好想回家邊喝海尼根啤酒邊煮義大利麵，然後去小巷子裡找貓。當然找貓只是一種比喻，做不做都無所謂。

正當我想像著春天的熊，試圖逃避現實的時候。

熊布偶拍了拍我的肩膀，白板上只寫著一句話。

『別在意。』

被安慰反而更讓人難受，被罵一頓還比較好。

真受不了。

在這之後我跟早坂同學這組一直都是最後一名，而第一名是橘&吉見組。看來吉見學弟也是非常認真要贏下這場競賽。

我忍不住向吉見學弟搭了話。

「吉見你的對象不是橘同學吧？」

「是啊。」他這麼回應。

「不過，我是認真想要贏下冠軍。」

「不，那濱波要怎麼辦啊？」

這跟他剛剛說的不一樣。

可是吉見學弟卻一派輕鬆地說著：

「一碼歸一碼，畢竟奪冠之後或許能接吻也說不定。只要是個男人，都會想跟橘學姊那麼優秀的人做這種事不是嗎？」

還說了「桐島學長，我建議你認真點比較好喔。」這種話。

「否則，橘學姊會被我搶走的。」

◇

人會想去追求難以得到的事物。

這就是名為虛榮效應的戀愛絕招。在橘同學的建議下，吉見學弟透過這個方法漂亮地引起了濱波的注意。而她這次似乎想把虛榮效應用在自己身上。

吉見學弟突然說要跟橘同學一起奪下最佳情侶競賽的冠軍。

「我看，你是受橘同學所託吧。」

「抱歉。」吉見學弟搔著頭這麼說。

「受了那個人那麼多照顧，我當然想幫忙。畢竟我是橘派的。」

「這樣可沒辦法對濱波解釋喔。」

「那傢伙會理解的。」

明明有喜歡的人，卻想跟漂亮的學姊一起在這場競賽中奪冠。這在大眾觀感上是件壞事，也違反純愛主義，但是——

「我認為戀愛沒有好壞之分。」

吉見學弟說自己是站上這個舞台才感覺到的。

「喜歡上一個人雖然很像是正面的情感，但事實卻並非如此呢。總之是一股既強力又難以控制，無法解釋的驚人力量。就算像我這樣明明一直待在對方身邊沒把喜歡的心情說出口，卻還是能維持十年。我想這不是能單用善惡之類的話來歸類的。」

所以他才能毫不猶豫地跟橘同學一起爭奪冠軍。

「戀愛是一種強烈的感情，思念的強弱就是一切。例如那個玩樂團的女孩子，雖然身邊的人都說她只是玩玩，是個壞女孩之類的話。但最後她不也談了一場美妙且戲劇化的戀愛嗎？我認為每一場戀愛大概都是最棒且最強的。」

我想大概就像吉見學弟所說的。

戀愛是赤裸裸的感情，不時會變得暴力且無法說明，所以才能無視規則性、一致性和正確性，讓我們變得不可理喻。正因如此，才能有種讓人感到尊貴，轉瞬即逝的美。

「在這場如此強烈的感情激烈碰撞的競賽中，如果只有我敷衍了事不是很對不起大家嗎？」

「你在奇怪的地方很有體育精神呢！」

「而且能跟橘學姊這麼漂亮的人一起組隊參賽，我稍微有點興奮。」

吉見學弟同時也是個誠實的高中生。無論如何，他捲起袖子走回橘同學身邊，看樣子是認真地想要奪冠。

當我想著該怎麼辦的時候，熊布偶拍了拍我的肩膀。

『我們來贏下冠軍吧。』

這麼一來橘同學他們就不會奪冠。無論是對我還是濱波，這樣都是皆大歡喜。

「但要是這麼做的話——」

我話還沒說完，司儀已經說出了接下來的項目。

「愛的共同作業，熱騰騰的雙人外套～！」

這是一種兩人合穿一件外套，由女孩子從後方餵前面的男生吃關東煮的遊戲。

但身上是布偶裝的早坂同學無法穿起外套，於是便蒙起眼睛繞到我背後。

「早坂同學，妳應該生氣了吧。」

比賽剛開始，我就被一塊熱騰騰的白蘿蔔用力抵住額頭。

早坂同學想贏下冠軍。

但我的態度卻猶豫不決讓她生了氣。關東煮已經熟透了。

「可是由我們奪冠好像也不太對。話說回來，好燙、燙死了啦！」

這次她把竹輪貼在我的臉上。

「可以不要拿豆腐丸子嗎？不，燙倒是不燙，可是湯汁會沾濕眼鏡。」

最後早坂同學還是用豆腐丸子壓住了我的眼鏡。

下一個項目是『理解程度檢定』，是競爭女方究竟有多了解男方的遊戲。

「首先就從最基本的開始吧，請回答對方的生日！」

我將自己的生日寫在作答板上，早坂同學也在自己的板子寫下了我的生日。同時翻開之後，兩人都寫了四月一日因此算是正確。

接下來早坂同學的直覺變得非常敏銳，不管我寫什麼都能猜中。無論是我喜歡的咖啡品牌，還是使用的錢包廠商，就連睡覺時的姿勢都能跟我的答案一致。

「那麼下一題，請男方寫出三個自認『這傢伙就是迷上我的這一點吧』的優點！女方則寫下三個『我就喜歡他這一點』的優點！」

我一邊想著「硬要說的話，這應該是想考驗男生究竟有多了解女生的想法吧。」一邊寫出了三個答案。

『正經、個性努力、認真看待戀愛。』

感覺像是在自吹自擂，非常令人難為情。不過，我確實猜中了答案。

早坂同學寫在作答板上的是——

『正經、個性努力、認真看待戀愛的地方。』

這下我們就拿到分數了，不過早坂同學仍繼續翻開作答板。

『適合戴眼鏡、背部意外地寬大、有些遲鈍的地方。』

她一張接一張地不斷翻了下去。

『手很靈巧、適合繫領帶、經常讀書、知道許多我不知道的事情、會悄悄配合我走路的速度的地方——』

說得也是，我這麼想著。

正如吉見學弟所說，喜歡上一個人的情感非常強烈，具備了連心儀對象的一百個優點都能輕鬆列舉的熱量。

我或許某方面還在逃避這強烈的情感，表面上雖然渴望能被女孩子喜歡，但內心深處卻在害怕也說不定。

我應該更加正視這種情感。

橘同學希望有人阻止自己奪冠，她想看到我不希望她被人奪走，拚命努力的模樣。而早坂同學想跟我一起拿下冠軍。

我沒有任何不以冠軍為目標的理由。

即使如此我仍遲遲無法下定決心，大概是因為覺得很狡猾吧。

畢竟這個狀況實在太剛好了。只要拿下冠軍，不僅能同時討好早坂同學和橘同學，由於柳學長應該早就發現布偶裝裡的人是早坂同學，因此很有可能也不再懷疑我跟橘同學的關係。

能在留住早坂同學的情況下跟橘同學交往，也能跟柳學長友好相處。

只要奪冠就能完全實現。

從大眾的角度來看，我做的事十分差勁，就是人渣。

我不會找藉口。

我想在有限的時間內，繼續跟橘同學談一場如夢似幻的戀愛，不想放棄跟早坂同學之間這段不健全的戀情，同時也不想破壞跟柳學長的關係。

至今為止我都用因為橘同學會幫忙，或是早坂同學會原諒我，裝成不是自己的問題來展開行動。

不過事實並非如此，我必須主動為自己期望的事情負起責任。

因此我應該抱持著堅定的決心完成這個計畫。

「我們上吧，早坂同學。」

『嗯！』

於是我們開始拚命追趕，不僅在『用公主抱抱女友耐力比賽』將早坂同學連同布偶裝一同抱起拿到第一，其他比賽也拿到了許多分數。我們的想法有時會出現差異，有時也會完全相同。

我認為這就是戀愛。

『贏了這場比賽就能拿到冠軍了！』

早坂同學看似開心地蹦蹦跳跳。

最後一個項目是兩人三腳。跑道是從舞台開始，繞操場一圈之後再回到舞台處。回程時舞台上會準備終點線。

衝在最前面的是目前總分第一名的吉見&橘組。

總分第二即將逆轉的我們起步慢了一拍，穿布偶裝果然很難跑，離開舞台的時候早坂同學還跌了一跤。

「沒事吧？」

早坂同學點了點頭，接著立刻起身邁出步伐。我搭著她的肩膀「一、二、一、二」地出聲跑了起來。由於原本是應該會是情侶緊貼著彼此的緣故，四周傳出了噓聲，但我的對象可是隻熊。

領頭的吉見學弟身邊的人也是幽靈，畫面看起來非常不協調。但他們看起來似乎很有默契，這令我有些不滿。

沒錯，我對此感到不滿。

橘同學做出了煽動嫉妒心這種不符合她風格的事。

我不想輸給她。

我跟早坂同學依照自己的節奏跑著，那些急著衝刺的組別有的跌倒，有的因為節奏亂掉而暫時停下腳步，被我們一一追了過去。

橘同學穿著裙襬很長的連身裙，跑起來似乎很吃力。

由於掌握了訣竅，我跟早坂同學愈跑愈快。或許是意識跟身體產生了同步，我們跑得十分自然，甚至可能比平時更加迅速，能感受到風的流動。

跑道兩邊也有觀眾，其中也包含了柳學長。

「加油啊！」

學長開口幫我們加油。

要是我跟早坂同學奪冠，柳學長一定也會很高興。他應該也不想看到橘同學和其他男人拿到冠軍的場面。

學長應該知道布偶裝底下的人是早坂同學，這樣他就不會再懷疑我跟橘同學的關係了。

優勝的組別未來將會結婚。

我跟早坂同學得到這個迷信是件好事。

一切都在計畫之中。

接下來只要將我跟橘同學的關係藏到畢業就行了，我會做到這件事。

此時跑在前面的吉見&橘組停下了腳步。

因為橘同學終於踩到了裙襬。

我跟早坂同學在追過他們之後進一步加緊腳步。

前面已經沒有其他組別，我們拋開一切思緒跟意識，只顧著一味地加快速度衝上舞台，穿過終點線。接著我跟早坂同學就這麼倒下以雙手撐地喘個不停。

不過，成功了，我們做到了。

其他組別也陸續跑上了舞台。

第二個抵達的是吉見&橘組。

就連一向態度冷淡的橘同學似乎也因為跑得滿身大汗，忍不住撥開垂在面前的頭髮。看到那副模樣，讓我冒出一股不對勁的感覺。

她那從連身裙底下窺見的腳上，穿著一雙高跟木屐。

要是原本就很高的橘同學穿了那種東西，外觀應該會比吉見學弟還要高才對。

「這是怎麼回事？」

吉見學弟似乎也發現了，於是他困惑地拿掉了幽靈頭上長長的假髮。

藏在假髮底下的人——

是濱波。

她正一臉害羞地低著頭。既然一直以來都是她在扮演幽靈，也就代表她也面對面地聽了吉見學弟的那個告白。

「被廣播叫過去之後，橘學姊對我說，希望我代替她扮演幽靈。」

「怪不得我一直覺得默契很好。」

吉見學弟露出恍然大悟的表情。

他似乎在途中就隱約發現了對方不是橘同學。

「其實橘學姊也對我說過，要我把鬼怪當成濱波……」

「是、是這樣啊……」

他們已經發現了彼此的心意，但還是遲遲無法對上眼。不，或許就是因為這樣才無法直視對方。

「讓我聽聽吉見剛剛提到，這十年都說不出口的話吧。」

「啊啊，妳說那個啊……總覺得果然還是有點害羞耶……」

真是一對既溫吞又惹人憐愛，讓人忍不住想支持的情侶耶。加油啊——

不對，現在不是說這種話的時候！

幽靈是濱波，那麼橘同學究竟在哪裡？

我戰戰兢兢地朝著雙手撐在舞台上，氣喘吁吁的熊看了一眼。

由於累到低著頭的緣故，熊的頭套逐漸鬆脫，最後終於掉了下來。裡面的人當然是——橘同學。

她全身都是汗水，充滿濕氣的頭髮貼在她白皙的臉頰上。

只見她喘了口氣之後說道：

「……好熱。」

◇

由於布偶裝裡冒出了一個漂亮的女孩子，會場瞬間沸騰。

觀眾們瞬間把我跟橘同學當成了真正的情侶。

橘同學用了大量作答板舉出上百個喜歡我的理由的場景十分鮮明。

原以為是來搞笑的組合，結果卻是一對正經的男女。再加上逆轉奪冠的戲劇性發展，現場歡聲雷動。

聽見這個聲音，橘同學輕輕地露出笑容。

「……我們果然最登對。」

她還是老樣子情緒幾乎沒有波動。

但這是她興奮忘我的表情。

我因為太想讓事情朝自己有利的方向發展，導致沒有發現。

這是只要仔細思考就能明白的事。

橘同學支持吉見學弟和濱波交往，也想跟我一起參加這場比賽。

因此她設計了能同時實現這兩件事的方法。

布偶裝是由包含早坂同學在內的許多人輪流穿的，因此只要趁輪到早坂同學以外的人時借來穿就行了。接著再讓濱波穿上高跟木屐，扮成幽靈跟吉見一起參加競賽。

這是很單純的掉包詭計。

因為不必露臉跟開口所以能夠辦到。

畢竟是橘同學，應該是打算穿著布偶裝，就這麼在沒人發現的情況下參賽，留下回憶離開吧。

但是誤算在於，橘同學自己偶爾也會失控這方面。

她的眼神變得空洞。
因為奪冠，她已經徹底失去了理智。
「……果然我們才是最登對的。」
她對著空氣自言自語，她的側臉美到讓人感動。
「……我們是最棒的。」
「橘同學，妳暫時冷靜下來比較好。」
「……吶、司郎，我跟司郎是最棒的第一名喔。」
「我們搞砸了很多事。」
「……我們是最棒的情侶，誰都追不上我們，真是太愉快了。」
沉醉於現場氣氛的橘同學根本聽不見我說的話。
她脫掉身上的熊布偶裝，緩緩地站了起來。
真是懊悔。
途中有不少能發現端倪的機會。
笨手笨腳的早坂同學不可能穿著布偶裝動作還那麼敏捷，也不可能猜中我的睡姿。能夠靠直覺猜中我私事的人只有橘同學，而且也不能漏掉她要求我說出自己穿衣顯瘦，其實胸部比早坂同學更大的事。
但現在不是一一回顧那些事的時候了，跟往年一樣——
現場響起了要求接吻的歡呼聲。

如果真的那麼做，事情將會無法挽回，也沒辦法找理由了。

但是橘同學卻搖搖晃晃地走近我身旁。

「吶，司郎，冠軍是我們喔。」

「橘同學，別被這個氣氛牽著鼻子走啊。」

「司郎的心裡只有我，我心裡也只有司郎一個人。」

「快恢復正常。」

「我們是最棒的，冠軍非我們莫屬，只有我們才能勝任。」

「我知道了所以——」

「真是太棒了。」

我還來不及講出「快住手」這句話，橘同學先一步抱了過來將我推倒，我整個人倒在舞台上。

她就這麼壓在我身上吻了我。

起鬨聲和看到親熱場面感動不已的尖叫聲如同潮水般席捲而來。橘同學徹底打開了開關，跟往常一樣隨心所欲地用舌頭吻個不停。

喜歡他人的感情既不能控制也無法預測。

這就是我那預定調和的計畫崩塌的決定性瞬間。

被橘同學吻住的同時，我在舞台上用側眼往觀眾席的最前面看去。

早坂同學正面無表情地看著我們。

◇

「……對不起。」

「橘同學不必道歉。」

當天晚上，我們兩個一起離開學校。

做完文化祭撤收作業之後，太陽已經完全下山。當我準備回去時，橘同學從校門後方走了出來。

路上的風很冷。

秋天過去，風裡開始帶著冬天的氣息。

「在等司郎的時候，我被很多人戲弄了。」

「我也差不多。」

在拆卸舞台的時候，我得到了許多人帶著調侃的祝福。這是因為他們不清楚我們情況的關係。

我跟橘同學正在交往，這在大家心中已經成了無庸置疑的事實。

「其實我沒打算這麼做，原本是不打算脫下布偶裝的。」

「我明白。」

「接下來會怎麼樣呢。」

「不知道。」

無論是至今的前提，還是預料之中的未來，一切都被顛覆。一直以來的計畫已經沒有任何意義，全都化為烏有。

柳學長什麼話都沒說，只是遠遠地看著我們，低頭離開了現場。

橘同學的情況或許會產生巨大的變化。

不過身為當事人，她的側臉看起來十分平靜。

「我心中或許覺得這樣也不錯。」

「為什麼？」

「因為不用對任何人說謊，也不必再隱藏喜歡的心情了。」

結果是我勉強了橘同學，讓她做了不符合自己性格的事。也是因為這種扭曲才導致了這次的破綻也說不定。

「我傷害了其他人……」

「我也是。」

「即使被人背後指指點點也無法反駁了呢。」

「就算那樣也無所謂。」橘同學這麼說著。

「因為我認為即使變成那樣也是沒辦法的事。」

「橘同學有點自暴自棄呢。」

「或許是吧。」

橘同學似乎感到寒冷，將圍巾拉到下巴。

秀麗的長髮以及在夜色中的端正側臉，身上是沒有任何褶皺的外套和裙子。

明明處在這種狀況下，我卻有種正在跟面前這完美的女孩子兩人獨處的心情，深陷其中無法自拔。

可是，在深深傷害了他人後，我們並不知道該怎麼辦才好，只能並肩走下去。

我能握住的只有橘同學的手，恐怕她能夠握住的也只有我的手。

有種一切正加速走向結束的感覺。

「司郎。」

來到車站前廣場的時候，橘同學停下了腳步。

她冷靜的視線前方，站著一個女孩子。

是早坂同學。

她朝著我們的方向走近，來到我們面前。

「桐島同學……橘同學……」

她表情消沉地低著頭，語氣拘謹地說道：

「你們兩個會做那種事呢……一直都會在我看不到的地方那麼做對吧……」

「抱歉。」我這麼說道。

早坂同學深深地受了傷，我想她應該既憤怒又難過吧。

但是抬起頭來的她，表情卻並非如此。

而是有些難為情，又有些害羞地開了口：

「吶，分我一半吧。」

「咦？」

「……我不是跟桐島同學說話。」

「啊，好。」

對不起。

「吶，橘同學。」早坂同學這麼向橘同學搭話。

接著用像是小孩子希望自己也能參加遊戲的表情說道：

「我們兩個一起共享桐島同學吧，好不好……？」

「不，這樣不行吧。」我這麼想著。早坂同學的意思換句話說就是兩個女人共享一個男人，從氣氛來看完全沒有我插話的餘地，這已經遠遠超出不健全的程度了。說到底，我完全無法想像這樣我們的關係究竟會變得如何。

但是橘同學卻在沉默了幾秒之後，開口這麼說了：

「可以啊，我們就來共享司郎吧。」

待續

後記

各位讀者大家好，我是作者西条陽。
實在非常感謝各位願意拿起本書閱讀。
橘在第二集中大顯身手了呢。在寫作的時候，我也覺得她是個很厲害的女生。
像是隔著門踹了桐島的背，或是戴上項圈扮成狗。
當然早坂也很有魅力。不光是可愛又帶點病態而已，她跟橘在社團教室爭執的場景火花四濺，作者我在寫的時候也很緊張。
今後他們究竟會變得怎麼樣呢？
因為故事都是交給角色的心情來推動的，所以作者我也還不知道答案。
早坂或許會堅強地繼續努力，也可能會壞得更加徹底。既然事情已經變成這樣，柳應該也無法繼續當個純粹的好人了才對。
無論如何，這肯定不會是一場好孩子談的戀愛。
在世人眼裡，這或許就是所謂的不純潔、不健全吧。
附帶一提，雖然作品中也提到了這個詞彙，但要說他們是否真的不純潔又不健全，我想應該還有待商榷。

我想桐島恐怕是認為將戀愛過度美化的純愛幻想，反而是不誠實的表現。理由是因為人的內心千差萬別，隨時都在改變，不可能侷限在一種價值觀之中。說得極端一點，所謂的純愛就是一種容易自我陶醉的觀念，只要內心對此產生自覺，就能從這種狀態中清醒，脫離這種想法才對。他是這麼想的。

由於早坂和橘真誠地面對自己的感情，才會在無意識間避開了制式化的戀愛方式，比起在意世人的眼光，她們更會遵循自己的內心展開行動。

正因為認真對待這件事，他們的戀情才會跟世人所推崇的形式不一樣。

這麼一想，不覺得他們的故事才是真正的純愛嗎？

雖然扮成狗這件事沒辦法找藉口就是了。

不過，我認為這個故事就是由這種純愛與不純間的糾葛所構成的。

那麼接下來是謝詞。

我要向責任編輯、電擊文庫的各位、校稿人員、書本設計師、陳列本書的各大書店、提供特典的店家們，以及和本書相關的各位表達感謝。

Re岳老師，感謝你繼第一集之後又畫出了這麼棒的插畫。正因為有Re岳老師的插畫，早坂跟橘才能成為如此栩栩如生的角色。插畫能由老師來繪製實在是太好了。今後也一起讓本作更加熱鬧吧！

最後我要再次向所有讀者致謝，實在非常感謝。要是各位能繼續支持他們的故事，將會是我的榮幸！

安達與島村 1~9 待續

作者：入間人間　插畫：のん

國中時的島村與現在判若兩人!?
日野和永藤竟然不打不相識!?

島村遇到國中時期的學妹，勾起一段往事的回憶，國中時的島村跟現在比起來，給人的印象完全不同……？日野和永藤這一對好友在幼兒園第一次見面時，竟然不打不相識!?安達與島村即將共度第二次聖誕節，這次將會有超乎想像的發展……！

各 **NT$160~200/HK$48~67**

除了我之外，你不准和別人上演愛情喜劇 1~5 待續

作者：羽場楽人　插畫：イコモチ

戀愛與青春的文化祭開幕!!
臨時樂團「R-inks」能否成功站上舞台!?

文化祭快到了。我忙著參加文化祭執行委員會的活動、準備班級參展的內容。而輕音樂社的臨時樂團「R-inks」問題堆積如山，為此我們斷然決定在未明家集訓！此時鬱鬱寡歡的朝姬同學突然打電話給我──『……希墨同學，救救我。』

各 **NT$200~270/HK$67~90**

男女之間存在純友情嗎？（不，不存在！）1~4 待續

作者：七菜なな　插畫：Parum

悠宇陷入女友與摯友的兩難之中！
他們的夢想與戀情會如何發展呢？

高二的夏天，悠宇跟日葵的情感總算有所進展。夏日祭典和海邊，暑假總算平安無事地進入尾聲的某一天，在紅葉的帶領（？）下，悠宇抵達了羽田機場。這時，凜音出現在他眼前——夏天還沒結束！跟「初戀的女孩」，一起來場第一次的東京「摯友」旅行！

各 **NT$200~280 / HK$67~93**

國家圖書館出版品預行編目資料

我當備胎女友也沒關係。/西条陽作 ; 九十九夜譯.
-- 初版. -- 臺北市 : 臺灣角川股份有限公司,
2023.03-
冊 ; 公分. -- (Kadokawa fantastic novels)
譯自 : わたし、二番目の彼女でいいから。
ISBN 978-626-352-361-6(第2冊 : 平裝)

861.57 112000510

Kadokawa
Fantastic
Novels

我當備胎女友也沒關係。2

(原著名：わたし、二番目の彼女でいいから。2)

2023年3月27日　初版第1刷發行

作　者：西条陽
插　畫：Re岳
譯　者：九十九夜

發行人：岩崎剛人
總編輯：蔡佩芬
編　輯：黎夢萍
美術設計：莊捷寧
印　務：李明修（主任）、張加恩（主任）、張凱棋

發行所：台灣角川股份有限公司
地　址：104台北市中山區松江路223號3樓
電　話：（02）2515-3000
傳　真：（02）2515-0033
網　址：www.kadokawa.com.tw
劃撥帳戶：台灣角川股份有限公司
劃撥帳號：19487412
法律顧問：有澤法律事務所
製　版：巨茂科技印刷有限公司
ISBN：978-626-352-361-6